HELGE SCHNEIDER

STEPPTANZ

Es treten auf

Kommissar Yves Schneider
Frau Kommissar Jacqueline Schneider
Charlene Schneider – Tochter des Kommissars

Jérôme Grismann (eigentlich Klaus!) – genialer Chirurg, Elektrofachmann, multiple Persönlichkeit und Mörder

Professor Haberschlejm – Gerichtsmediziner
Franke – Chef des Technischen Dienstes

Johnny Espelkamp – Totschläger
Mutter Espelkamp – seine Mutter, auch Mörderin

Lydia Woirtz – Bezirksschornsteinfegerin
Bobby Sample (Robert Schmitz) – Hollywoodregisseur
Frau Pfaffenhauf – Kostümdesignerin
Peter Hellmann – Schneider
Andrea Poppen – Setdresserin
Herr Fischer – Gitarrenlehrer

Abu Kharsahri Ibn Said – Karawanenführer

Jürgen – Kioskbesitzer
Mohammed Nuri – Uhrenverkäufer und Trommler
Hans Mader – Gebirgsjäger

Jerry Vogel – Stepptanzlehrer und Hollywoodikone

Prof. J. Sauerhenry – Psychiater
Herbie Fields – Filmkomponist
Dirk Rutenberg – Security
Ibn al Kabhone – Körperhändler

Günter – TV-Kandidat
Jutta – TV-Kandidatin

Sven Svenson – Politrocker
Polizeipräsident – Polizeipräsident

Heinz – der von der Regenrinne geschubste Eismann

Rodriguez Faszanatas – Heiratsschwindler
Schwester Jolande – Nonne

Und viele, viele andere

Prolog

Kommissar Schneider saß in seinem nagelneuen Sportwagen, den er sich von seinem Weihnachtsgeld gekauft hatte, ein altes Nissan-Coupé, für 2500 Euro billig geschossen. Sogar mit TÜV. Kommissar Schneider hatte ihn selber über den TÜV gebracht. Er musste nicht viel machen, nur die Türen, an denen von unten der Rost unaufhaltsam nagte und durch die man in den Innenraum gucken konnte, etwas ausbessern und anschließend mit hellem Lack anmalen, es war dem TÜV-Prüfer nicht aufgefallen.

Es war noch tiefe Nacht, als der Kommissar Schneider sich auf den Weg zum Präsidium machte. Kommissar Schneider hatte gute Laune. Im Präsidium erwartete ihn trotz der frühen Stunde schon Arbeit, aber davon wusste er da noch nichts.

In einem alten Behelfswohnhäuschen am Rande einer alten Industriebrache: »Johnny, hau ab! Das ist doch eine Schweinerei! Raus aus meinem Haus!«

Ihr Blick schweift über den Körper, der auf dem Küchenboden liegt. Mit einer klaffenden Kopfwunde quer überm Schädel, das Opfer stöhnt noch. Johnny haut ihm zweimal mit der flachen Schaufel über den Schädel, Blut spritzt an die Küchenlampe, das Stöhnen hört auf.

»Was willst du denn, Mutter? Ich mach das doch nur für dich!« Johnny wirft die Schaufel weg.

Im Fernsehen läuft noch Lanz. Mutter, die sich jetzt auf die Couch fläzt, nimmt die Fernbedienung und schaltet um.

»Diese Scheiße kann ich nicht mehr sehen!«

Im anderen Programm ist eine Hochzeitsdoku, gefällt ihr auch nicht. Sie schaltet erneut um.

»Grip, das Automagazin!« Das guckt sie, und sie isst dabei den Rest Salzstangen auf, der auf dem Couchtisch steht. Dann fuchtelt sie mit dem rechten Arm in Richtung Johnny, der anscheinend immer noch nicht abgehauen ist und im Erker neben dem Gummibaum steht und dumm guckt.

»Pack den verdammten Scheiß hier weg, ich will das hier nicht sehen.«

Johnny stöhnt. Er ist faul und sichtlich genervt. Dann beginnt er, sich an der Leiche zu schaffen zu machen. Er will sie aus der Küche ziehen. Jäh und mit Entsetzen übers ganze Gesicht lässt er davon ab.

»JOHNNY! Was hast du!?«

Mutter, die blitzschnell von der Couch aufgesprungen ist (das hätte man ihr gar nicht zugetraut!), schreit auf, als sie begreift, was los ist!

I.

Der Morgen graute. Vögel zwitscherten sich ihren Frost von den Federn, ein Wiesel verkroch sich im Unterholz. Kommissar Schneiders Nissan-Coupé flog mit quietschenden Reifen über den noch eisigen Asphalt in die Kurve. Der Kommissar hatte sich frisch gekämmt, sich ein wenig Öl ins Haar gerieben, er trug ein Hawaiihemd unter der US-Polizeijacke und rote Pferdelederslipper.

Im Hausflur brannte Licht.

Als der Kommissar in die kleine Straße einbog, wo der Mord geschehen war, sah er die mit Kameras und Mikrofonen bewaffnete Gruppe von Journalisten. So früh waren die schon am Platz? Das kann doch wohl nicht wahr sein!

»Das kann doch wohl nicht wahr sein!«, kam es dem Kommissar über die Lippen. Er trat auf die Bremse. Hier konnte er nicht weiterfahren. Hoffentlich hatte ihn noch keiner gesehen. Er konnte gerade noch seinen Wagen rückwärts setzen, ohne dass es jemandem aufgefallen wäre. Dann parkte er in einer Seitenstraße. Ein Imbiss hatte bereits geöffnet, wohl in der Hoffnung, dass einer von den Zeitungstypen Hunger bekäme und eventuell ein Würstchen oder Pommes kaufen würde.

Der Kommissar kaufte sich einen Pappbecher mit dampfendem schwarzem Kaffee, ging über einen Feldweg um die Siedlung herum und betrat das Grundstück, auf dem der Mord geschehen sein sollte. Der Kohlenhändler, der zufällig Kohlen liefern wollte am frühen Morgen, hatte durch die offen stehende Tür das Haus betreten und die Leiche entdeckt. Von den Hausbewohnern fehlte jede Spur. Kommissar Schneider trat von hinten durch den ungepflegten Garten. Ihm fiel sofort ein merkwürdiger Geruch auf, metallisch, so wie Elektrosmog.

Als er den Wintergarten des kleinen Hauses betrat, verdichtete sich der Geruch. Er betrat das Wohnzimmer, ja, das sollte es wohl sein: eine Couch, ein Fernseher, der noch lief, und ein kleiner Cocktailtisch mit etlichen leeren Flaschen, Bier, Wein, Schnaps, alles, was man so trinken kann, wenn man dem Alkohol viel Platz in seinem Leben gibt. Die Wohnung war klein, und die Küche war praktisch ein Teil des Wohnzimmers. Auf dem Fußboden, direkt vor ihm, im Übergang zwischen Küche und Wohnzimmer, lag die Leiche. Zwei Polizisten saßen auf der abgeschabten Couch und rauchten.

»Machen Sie verdammt noch mal Ihre Zigaretten aus!«, herrschte der Kommissar die beiden an, die sofort aufsprangen und ihre Zigaretten in den auf dem Cocktailtischchen stehenden Aschenbecher stopfen wollten.

»Nein! Seid ihr wahnsinnig? Nicht da! Da sind vielleicht Spuren zu finden, ihr Idioten!«

Der Aschenbecher war randvoll gefüllt mit Kippen.

Die Polizisten verkrochen sich erst kleinlaut in den kleinen Erker des Zimmers, in dem ein Gummibaum sein Zuhause hatte. Dann gingen sie in die Küche und wollten ihre Zigaretten im Spülstein ausdrücken, auch das erlaubte der Kommissar nicht. »Ihr trampelt hier mit euren Polizeistiefeln ja alle Spuren kaputt!« Der Kommissar war außer sich. Die beiden gingen langsam Richtung Haustür, öffneten sie und traten dem Journalistenpulk entgegen, schnippten dabei ihre Zigaretten auf die Erde. Das war für die Fotografen ein Geschenk. »Polizist schmeißt einfach noch brennende Zigarettenkippe ins Gras!« könnte eine Überschrift werden.

Kommissar Schneider fiel eine Schaufel auf, die angelehnt an der Wand stand. Er nahm sie vorsichtig mit einem Tuch, das er aus der Jacke fummelte, und legte sie langsam auf die Couch. Dann nahm er sich die Leiche vor.

Der Kommissar hatte sich mühevoll dünne Gummihandschuhe übergestreift und beugte sich jetzt über das Opfer. Komisch. Die Person lag mit dem Gesicht nach unten auf dem abgelatschten Laminat. Sie war mit einem schwarzen Umhang mit Kapuze bekleidet. Als der Kommissar die Leiche umdrehen wollte, ging es ganz leicht! Kein Wunder! Die Leiche war hohl! Das heißt, ein paar Drähte, Kondensatoren, Widerstände und sonstige Elektroteilchen füllten den ganzen Körper aus. Das ganze Zeug sprang ihm mit einem »Sproiing« fast ins Gesicht! Alles Elektronik! Das heißt, jetzt handelte es sich um Elektromüll, wie der Kommissar sofort erkannte. Aber: Durch die Kopfwunde sah er das Gehirn, das war echt. Was war denn hier los?

»Was ist denn DAS hier!? Ich glaub, ich spinne!« Der Kommissar war wie vor den Kopf gestoßen. Er fasste, wie zufällig, an ein Handgelenk der Leiche, weil er sie ein zweites Mal umdrehen wollte. Es fühlte sich an wie Plastik. Womit hatte er es denn hier zu tun? Mit einer Puppe, die aus menschlichen Teilen und Elektronik bestand? Was sollte das denn darstellen? Wiederholte Fassungslosigkeit! So etwas hatte er in seiner langen Laufbahn noch nie gesehen. Er schaute sich irritiert um. Die beiden Polizisten guckten blöde und teilnahmslos aus ihren Uniformjacken heraus. Kommissar Schneider nahm den vorsintflutlichen Hörer von dem an der Wand im Flur befestigten Telefonapparat und wählte die Nummer der Feuerwehr. Er hatte nicht vergessen, wie man einen altmodischen Telefonapparat bedient. Dort wurde er zum Technischen Dienst durchgestellt, ein gewisser Herr Franke kümmerte sich um elektronische Belange. Man beschloss, zunächst nichts nach außen dringen zu lassen. Der Herr Franke würde sofort abkömmlich sein. Der Kommissar hatte jetzt ungefähr zehn Minuten Zeit, die Sache mit den Journalisten zu klären. Er trat kurz vor die Haustür und bat um Aufmerksamkeit.

»Meine sehr geehrten Damen und Herren von der Presse, bitte haben Sie Verständnis, dass ich in der derzeitigen Situation keinerlei Auskünfte geben kann, ich muss zunächst den Tatort vollkommen sperren lassen. Bitte gehen Sie jetzt aus dem Bereich heraus und verlassen Sie am besten auch diese Ortschaft, wir werden Sie auf dem Laufenden halten! Es ist ein Fall eingetreten, der es erforderlich macht, den Katastrophenschutz mit einzubeziehen! Auf Wiedersehen! Für den Fall einer Nichtbefolgung meiner Anordnung werden Sie unverzüglich in polizeiliches Gewahrsam genommen!«

»Das ist kein Scherz!«, fügte der Kommissar noch hinzu.

Kleiner Waldweg. Johnny ist sichtlich aufgeregt unterwegs. Seine Mutter sitzt im Versteck, das die beiden sich nachts aus Ästen und Zweigen gebaut haben, danach haben sie es mit Rasenstücken überdeckt. Mutter friert. Johnnys Schritte werden schneller. Er hat vor, zur Polizei zu gehen und dort einfach mal nachzufragen, ob etwas Außergewöhnliches passiert ist im Ort heute Nacht.

Johnny stellt sich das ganz einfach vor. Er will so tun, als hätte er irgendetwas gehört, von irgendjemandem, den er aber nicht kannte. Man hätte ihm so was erzählt. Er will sich als »unwissend« darstellen. Dann könne man ihm ja nichts. Niemals würden die doch eine Verbindung mit ihm nachweisen können. Er hat alle Spuren verwischt. Das hat er mal im Fernsehen gesehen, wie man das macht. Es ist ja dann auch wohl kein Blut, was geflossen ist, denkt er noch, man könnte ihn höchstens wegen Sachbeschädigung anklagen, das wäre ja noch harmloser, als einen Hund totzutreten.

»Haha! Die sind sooo dumm!« Mit diesen Gedanken betritt er das Polizeipräsidium. Er denkt noch, wenn er einen LKW-Führerschein besäße, könnte er auch als Busfahrer arbeiten. Und dann würde er einen voll besetzten Bus zum Beispiel in den Alpen einfach einen steilen Abhang runterrasseln lassen, im letzten Moment mit, sagen wir mal, einem heimlich umgebundenen Fallschirm rausspringen und sich über die vielen Toten und Schwerverletzten, die dann da unten zwischen den Ästen oder Steinen eingeklemmt lägen oder rumkröchen, lustig machen! Johnny war ein Sadist. Er lacht innerlich, als er durch die Drehtür hüpft.

Wenig später klicken die Handschellen um seine Handgelenke. Das Landeskriminalamt hat einen Gedankenleser in der Drehtür installiert, das hat Johnny nicht gewusst.

Kommissar Schneider sitzt am Tisch. Seine Frau hat ihm Knödel gemacht, Rotkohl mit Pflaumen und dazu eine halbe Hausente. Kommissar Schneiders Lieblingsspeise.

»Meinst du, das hat irgendwas mit Politik zu tun?«

Die Frau Kommissar war wirklich ziemlich blöde.

»Was soll denn DER Scheiß, mein Hase?! Wieso Politik, ich erzähl dir hier was von, sagen wir mal, künstlicher Intelligenz, und du kommst hier mit so einem Quatsch! Mein Gott, wie naiv du bist, Hase!«

Der Kommissar hatte sich diesen Kosenamen für seine Frau ausgedacht, damit er nicht mal irgendwann zufällig einen falschen Frauennamen nennt, dann hätte er einen Riesenärger am Hals, das war klar wie Kloßbrühe.

Unvermittelt springt Kommissar Schneider auf und rennt ins Wohnzimmer.

»Verdammt, beinahe verpasst!«

Er springt aufs Sofa und fuchtelt mit der Fernbedienung des Fernsehers herum.

»Du weißt genau, dass ich immer ›Die Rasselbande‹ im Kinderfernsehen gucke! Und du sitzt da und machst gar nichts! Meine Güte!«

Der Kommissar ist aufgebracht. Seine Lieblingssendung ist für ihn die einzige Verbindung zum normalen Leben.

Johnnys Mutter sorgt sich. Wo bleibt denn Johnny? Sie kriecht in ihrem Versteck unentwegt von links nach rechts und zurück. Dabei malt sie sich aus, wie Johnny seine Motorradposter und die zwei Poster mit den Mädchen im Bikini, die sich unter der Sonne von Kalifornien entspannen, hier in diesem beschissenen Versteck versucht, irgendwie

Frau Kommissar

an die »Wände« zu pinnen. Und sie malt sich auch aus, wie sie diese ihr so verhassten Poster wieder abreißt und in tausend Stücke zerrissen im Papierkorb verschwinden lässt. Genau so hat sie es immer gemacht. Das einzige Foto, was sie im Zimmer ihres Sohnes zugelassen hat, war ein Foto von ihr selber, das sie in einem weißen Kleid, ihrem Hochzeitskleid, zeigt, allerdings fehlt die ganze linke Seite des Fotos. In ihrer Hand ist nur eine unbekannte andere Hand zu sehen. Schnipp, einfach abgeschnitten.

Kommissar Schneider bewegt seinen Zeigefinger immer wieder von oben nach unten über die Unterlippe, dabei klappt die Lippe immer kurz nach unten um und gibt einen kurzen Moment den Blick frei auf seine unteren Schneidezähne. Er sitzt schon seit Stunden an seinem Schreibtisch und schaut sich die Fotos aus der Rechtsmedizin an, eigentlich aus dem technischen Labor. Die »Leiche«, die in der Baracke abgeholt worden ist, ist zunächst zur rechtsmedizinischen Abteilung von Professor Haberschlejm gebracht worden, der diese ordentlich in ihre Einzelteile zerlegt hat. Der befand, dass es sich bei der Figur um Teile einer Schaufensterpuppe, um menschliches Gewebe, fast ganze Körperteile darunter, Elektronik und auch Gehacktes, handelsübliche Ware, handelte. Eine Schaufensterpuppe war sozusagen mit dem ganzen Zeugs vollgestopft worden. Anschließend ist das »Lebewesen« an die technische Werkstatt der Polizei übergeben worden. Dort hat man die elektronischen Teile untersucht und herausgefunden, dass ein paar Kondensatoren und Widerstände zwar im Fachmarkt erhältlich sind, bei zwei winzigen Transistoren jedoch fand man keinerlei Hinweise auf den Hersteller. Anscheinend ein Selbstbau! Das war schon außergewöhnlich. Die Herren vom Labor haben den Kommissar auch darauf hingewiesen, dass diese Teilchen eventuell radioaktiv oder sonst wie verseucht sein könnten, er müsse auf jeden Fall Vorsicht walten lassen, sollte er die »Leiche« noch einmal anfassen. Und er solle umgehend eine Blutuntersuchung bei sich machen lassen. Er könnte sich bei der Erstbetrachtung am Tatort eventuell kontaminiert haben. Auch Hautsporen sollten untersucht werden. Der Aschenbecher war auf jeden Fall schon mal voller Spuren von Nikotin.

II.

»Guten Morgen! Ich hätte gerne Lötdraht, wenn es geht verbleit.«

»Oh, das wird nicht möglich sein, der Herr. Verbleiter Lötzinn darf nicht mehr verkauft werden.«

»Hm, aber wenn Sie mir etwas schenken könnten, ich würde mich dann auch erkenntlich zeigen dafür, mit, zum Beispiel, einer Kleinigkeit, vielleicht Geld.«

»Das ist eine Möglichkeit, der Herr, ich bin kurz hinten.« Der Verkäufer im Elektronikfachgeschäft verzieht sich hinter den dreckigen Vorhang, der den privaten Teil vor dem Verkaufsraum schützt, denn der Besitzer wohnt hier auch.

Der Käufer wartet vor der Theke. Er trägt einen hellen Übergangsmantel mit Lederknöpfen, zweireihig. Seine Haare sind erst vor Kurzem geschnitten worden, ja, er kommt eigentlich gerade vom Friseur. Ein Auge ist etwas geschwollen hinter einer dickglasigen Brille. Scheint eine Allergie zu sein, denkt eine andere Kundin, die gerade den Fachhandel betritt. Sie trägt einen Chihuahua auf dem Arm. Der Köter knurrt. Der Mann dreht sich kurz um und mustert die Dame mit verächtlichem Blick. Da kommt der Verkäufer zurück, mit einem schwungvoll aufgeworfenen Vorhang.

»Hier, der Herr, Ihr bestellter ›Transistor‹!«

Das Wort Transistor zieht er auffällig lang, sodass es der Kundin eigentlich aufgefallen sein müsste. Doch die sagt zu ihrem Hund »Feiiiiiin!«, weil der sich hingesetzt hat. Der Herr nimmt den »Transistor« entgegen und überreicht dem Verkäufer den geforderten Betrag von 45,95 Euro, bedankt sich und geht. Jetzt ist die Dame dran. »Bitte schön, die Dame?«

Der Käufer des Lötdrahtes versteckt sich neben dem Fachgeschäft in der kleinen Seitengasse. Was hat er vor?

Kommissar Schneider liegt in der Badewanne. »Hase! Wasch mir den Rücken!«

Die Frau des Kommissars kommt mit einer Wurzelbürste angelaufen und beginnt, dem Kommissar den Rücken zu waschen, der Kommissar macht dafür einen Buckel. Er ruft nach dem Hund. »Rektor! Rektor! Komm bei Papa!«

Der deutsche Dackel kommt sofort angehumpelt. Er hat eine noch lebende Maus in der Schnauze.

»Lass das doch!« Der Kommissar wischt dem Dackel mit einer Handbewegung die Maus aus der Schnauze. Die

Maus hüpft weg, wieder hinter die Wandvertäfelung. Frau Kommissar ist bereits laut kreischend auf die Waschmaschine gesprungen. Sie hasst Mäuse und hat außerordentlich Angst vor diesen kleinen possierlichen Tierchen.

Wenig später ist der Kommissar schon wieder unterwegs ins Präsidium. Dort wartet die Befragung des Verdächtigen auf ihn. Johnny sitzt mit ausgestreckten Armen am Verhörtisch im schalldichten Raum. Die Handschellen hat er abgenommen bekommen. Er hat in der einen Hand eine Zigarette. Das hat man ihm wohl erlaubt, denkt der Kommissar, als er den Raum betritt.

»Guten Morgen, Herrr … ääää…«

»Espelkamp, Johannes Espelkamp. Ich hab überhaupt nichts gemacht! Was soll ich hier?«

Der Kommissar setzt sich wortlos ihm gegenüber. Dann stiert er ihn lange an. Espelkamp soll nervös werden.

»Was soll das?!« Espelkamp wird ungehalten. Er zieht an seiner Zigarette. Bis er den Rauch störrisch auspustet, vergeht einige Zeit. Der Kommissar bleibt bei seiner Methode. Espelkamp beginnt zu reden.

»Ich wollte ja nur helfen! Der Kerl war plötzlich da. Und dann…«

Jäh unterbricht ihn der Kommissar: »WER war da? WAS haben Sie getan?!«

Espelkamp: »Wie jetzt? Was? Ich? Ich will nach Hause!«

Schnell hat er begriffen, dass der Kommissar gar nichts weiß.

»Entschuldigung! … Kommen Sie … bitte, mir geht es … nicht … gut!«

Der Mann, der den verbleiten Lötzinn gekauft hat, liegt auf dem Boden in der kleinen Gasse, als die Kundin den Laden verlässt und an der Gasse vorbeigehen will. Sabber läuft ihm aus den Mundwinkeln.

»Hel … fen …«, mehr bekommt er nicht raus.

Die junge Frau will helfen und beugt sich über ihn, da schießen seine Arme förmlich aus dem Körper heraus und ziehen die Frau zu sich auf den Boden. Schnell den Wattebausch mit Chloroform ins Gesicht gedrückt, die Frau wird ohnmächtig. Der Mann muss jetzt schnell handeln. Er springt auf, nimmt die Frau unter den Achseln hoch und schleift sie ein Stück über den Bürgersteig zu seinem schon am Rinnstein wartenden Auto, ein blauer Lieferwagen. Er bugsiert sie auf den Beifahrersitz. Dann steigt er ein und fährt langsam weg. Den kleinen Hund lässt er einfach kläffend zurück.

Johnny kann nicht länger festgehalten werden. Die Sache mit dem Bus, den er in den Alpen den Abhang runterstürzen wollte – das hat man in der Drehtür aus seinen Gedanken gelesen –, konnte er widerlegen, er sagt dem Kommissar, dass es sich um ein Buch handele, das er schreiben will, und er denke sehr oft daran, wie er die Geschichte dramatisieren könne. Zu den Vorfällen im Haus an der Brache wisse er nichts. Er sei noch nie in dieser Gegend gewesen. Solange es noch keine verwertbareren Spuren gibt, kann der Kommissar auch keine Verbindung zu ihm feststellen. Vielleicht bringt ja die KTU heute Nachmittag ein paar Neuigkeiten mit, wenn die Spurensicherung endlich abgeschlossen ist. Bislang wurde nur ein einziger Fingerabdruck gefunden, der aber passte nicht zu Johnny. Die genetischen Spuren werden noch dauern. Das Labor ist überlastet, der Kommissar hat zwar äußerste Priorität angeordnet, doch der Polizeipräsident hat die Anordnung gekippt, weil sein Fahrrad gestohlen worden ist, vor seiner Haustür, und man ein Haar in unmittelbarer Nähe des Fahrradständers gefunden hat, was jetzt zuerst dran war.

Dass es ein Haar des Polizeipräsidenten sein würde, weiß man noch nicht.

Mutter ist aus ihrem Versteck ein paar Schritte nach draußen gegangen. Wo bleibt denn nur Johnny? Sie zermartert sich das Gehirn. Was, wenn er einfach abgehauen wäre oder er eine Frau kennengelernt hätte, und die würde ihn jetzt vor vollendete Tatsachen stellen, sodass er sich genötigt fühlte, sich zu entscheiden: sie oder ich!

der Polizeipräsident

Die Mutter rastet schier aus bei diesem Gedanken. Was für eine ekelhafte Person!

Da! Eine Frau geht, anscheinend ganz alleine, durch den Wald spazieren. Mutter sucht in Windeseile den Schatten einer Robinie, dort steht sie wie angewurzelt und lässt die nichts ahnende Frau fast vorüberschreiten.

Doch dann! Jäh springt sie aus dem Schatten der Robinie und fällt über die Frau her, würgt sie mit beiden Händen so gut sie kann. Die Frau versucht zu schreien. Nur ein jämmerliches Gegluckse kommt aus ihrer Kehle.

Mutter grinst, als sie die Frau zu Boden drückt. Es ist ja ganz einfach, die Frau wiegt ungefähr so viel wie ihr Hund »Rico«, ein Schäferhundmix aus dem Tierheim, der letztes Jahr gestorben ist, verhungert. Einfach verhungert. Mutter ist jetzt noch schockiert, wenn sie daran denkt. Wie konnte das passieren, sie ist vielleicht zwei Wochen nicht da gewesen, sie hatte sich auf Johnny verlassen, als sie in U-Haft war. Aber der ungehorsame Bengel hat sich natürlich überhaupt nicht um das arme Tier gekümmert. Doch Mutter hat ihm verziehen, er war eben noch nicht so weit, dass er mit Tieren umgehen konnte.

Die Frau haucht den letzten Rest Leben aus. »Pfffhht …«, kommt es noch aus ihrem Mund.

Mutter ist in einen unbändigen Hass verfallen. Sie nimmt einen Knüppel vom Boden auf, Totholz aus den Buchen, die den Wegesrand säumen, und schlägt derb auf das Gesicht der Frau ein. Immer wieder.

»Du Flittchen wirst mir meinen Johnny nicht wegnehmen! Du Nutte! Du dreckiges Stück Scheiße!«

kommissar Schneider

Sie tritt sie auch mit Füßen, bis ihr der rechte Fuß wehtut, sodass sie, als sie von der Frau endlich ablässt, nur noch humpelnd ihren Weg fortsetzen kann. Die Frau ist noch nicht ganz tot, sie bewegt sich plötzlich wieder. Das heißt, aus ihrer Stirn gucken ein paar Drähte, die sich kringeln und dann einfach abbrechen. Doch Mutter bemerkt das nicht mehr, sie ist schon wieder in einer anderen Welt.

Kommissar Schneider legt den vierten Gang ein und tritt aufs Gaspedal. Der Nissan neigt sich nach hinten und startet auf der Autobahn durch. An seinem freien Tag will der Kommissar mal das Auto richtig ausfahren. Das geht genau zwei Minuten, da leuchten schon die Bremslichter der vor ihm auftauchenden Autos auf. Stau. So eine Scheiße. Kommissar Schneider braucht für die darauffolgenden zwei Kilometer eine Stunde. Völlig entnervt nimmt er die Abfahrt und fährt auf der entgegenkommenden Fahrbahn zurück zum Präsidium. Wieder Stau. Diesmal braucht der Kommissar doppelt so lange, klar, es ist 16 Uhr 10, und der Berufsverkehr ist auf dem Höhepunkt. Rushhour.

Als der Kommissar seinen Wagen wieder auf dem Parkplatz im Polizeipräsidium abstellt, ist es 18 Uhr 26. Noch vier Minuten, dann ist offiziell Feierabend. Aber nicht für Kommissar Schneider. Er muss auf jeden Fall noch die Spesenabrechnungen machen. Danach erst hat er frei.

III.

Der Mann hat in seiner Wohnung im 14. Stock des »William D. Rigotti Building« bereits sein Opfer in 7 Teile gesägt. Die oszillierende chirurgische Säge gehört zu seinen Lieblingswerkzeugen. Die Frau hätte einfach nicht den Elektronik-Fachmarkt betreten dürfen. Niemand darf wissen, wer er ist und was er kauft. Es geht niemanden etwas an, die Begegnung war ihr Todesurteil. Wer weiß, vielleicht hätte sie ihm gefährlich werden können. Den Verkäufer braucht er vielleicht noch, sonst wäre der auch schon klein gesägt. Der Mann hat die einzelnen Teile in Müllsäcke verbracht, nur den Kopf hat er erst einmal in einen Eimer mit Sägemehl gelegt. Beine, Arme und der zersägte Torso liegen schon in der Tiefkühltruhe im Keller des Hochhauses. Dafür musste er viermal mit dem Aufzug nach unten und wieder hoch. Sein Keller ist nur mit Holzlatten vom Kellergang getrennt, ein Zahlenschloss muss ausreichen, hier würde kein Mensch etwas Ungewöhnliches vermuten. Alle haben hier Tiefkühltruhen, und der Waschkeller mit den einzelnen

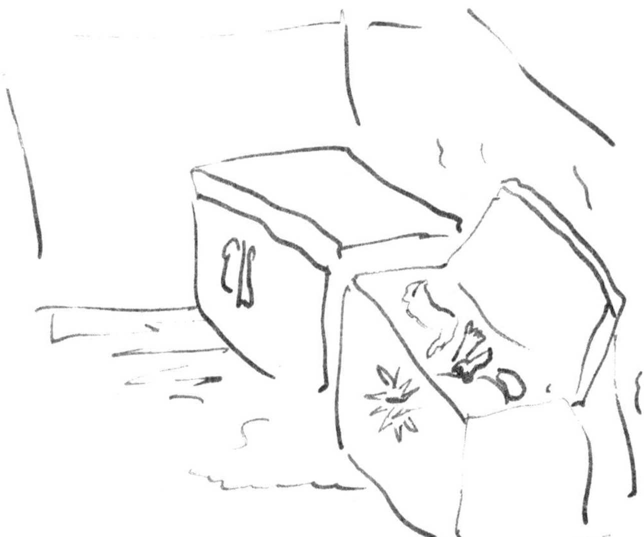

Keller mit Gefriertruhen

Waschmaschinen und Trocknern wird zwar oft frequentiert, aber da würde niemand plötzlich neugierig werden. Nein, die Leute hier sind viel zu beschäftigt mit ihrem eigenen Scheiß, sodass sie nur schnell die Wäsche machen und sofort wieder abhauen.

Der Mann ist gerade noch im Begriff, mit einem Obstlöffel die Augen aus dem Kopf der zersägten Frau zu pulen, da schellt das Telefon.

»Karl. Bist du es?« Seine nüchterne, aber freundliche Art passte irgendwie nicht zu dem, was gerade geschehen war. Es war Karl. Karl wollte gleich mal vorbeikommen, er spielte mit dem Mann Schach. Sozusagen sein Schutzschild, sein Alibi, wenn man so will.

»Ja, ich bin zu Hause! … Ich würde mich freuen! … Ja! … Bis gleich!«

Er legte auf. Dann nahm er die Augen und wickelte sie in ein Leinentuch. Anschließend in den Kühlschrank damit, ins Gemüsefach, da blieben sie am längsten frisch. Er würde sie noch gebrauchen. Dann schnell alle sonstigen Spuren verwischen, es war noch Blut in der Badewanne, wo er die Frau zersägt hatte. Aber er war ja gut vorbereitet, er hielt alles sozusagen immer bereit.

Kaum war er damit fertig, schellte es auch schon. Er öffnete die Wohnungstür, und Karl trat ein.

»Guten Abend, Jérôme! Hier, ich hab uns eine Flasche Rotwein mitgebracht.«

Sie küssten sich, und dann setzten sie sich ins Wohnzimmer, wo das Schachbrett bereits aufgebaut stand. Karl machte den ersten Zug. Allein der konnte schon dazu ausreichen, dass Jérôme verlöre, wenn er nicht höllisch aufpasste. Ein wahrer Meister, der Karl.

Der Tatort war unberührt. Kommissar Schneider fummelte in dem kleinen Häuschen an dem Plattenspieler rum, der auf dem Sideboard stand, es lag noch eine Schallplatte darauf, die sich anscheinend so lange gedreht hatte, bis der Strom abgestellt worden war von der Spurensicherung. Das wird immer gemacht, damit sich nicht vielleicht in der Zwischenzeit ein Unfall ereignet, es könnte ja eine Überspannung geben, somit eventuell eine Lampe durchbrennen und dadurch vielleicht ein Funke überspringen. Vielleicht war ja der Gasherd nicht ordnungsgemäß angeschlossen, und dann gäbe es eine Explosion, und dann wär der Tatort versaut. Kommissar Schneider legte die Platte noch einmal von vorne auf und lehnte sich mit hinter dem Kopf verschränkten Armen in die gelbliche Couch hinein.

EKSEPTION. Eine holländische Band, das Album hieß »Beggar Julia's Time Trip«. Rick van der Linden war der Organist und Komponist, aber er hatte auch viele Bach-Suiten bearbeitet. Das gefiel dem Kommissar, und er dirigierte mit geschlossenen Augen mit, fuchtelte mit dem rechten Arm in der Luft herum, wie es wohl Sir Simon Rattle oder sogar Richard Strauß auch nicht besser gekonnt hätten. »Jam Pam Pam Papaaadepaaa! Pampamdepamm!« … und so weiter.

Nachdem er die Platte bis zum Ende gehört hatte, fiel ihm wieder ein, warum er hier war.

Er wollte die Lampe abschrauben und mit aufs Präsidium nehmen. Da war Blut dran. Bisher waren keine Blutspuren auf dem Teppich gefunden worden oder in unmittelbarer Nähe des Fundortes der »Leiche«.

Mutter lag in ihrem Versteck. Sie trug die Klamotten der Frau, die sie eben erwürgt und anschließend achtlos weggeschmissen hatte. Dafür war sie sogar noch einmal zurückgekommen, einfach den Abhang runter, da, wo die alte vollgepisste Couch hochkant aus den Brennnesseln ragte, die leeren rostigen Konservendosen und das halbe Moped. Dass die Frau noch bei Bewusstsein war, hatte sie noch nicht einmal bemerkt. Nur, dass sie fast nichts wog. Sie dachte nach. Das war nicht ihre Stärke, aber diesmal wurmte sie etwas. Was hatte denn eigentlich dieser Kerl von ihr gewollt, und warum hatte er sich nicht gewehrt, als Johnny ihm den Schädel eingeschlagen hatte? Was war das überhaupt für ein komischer Typ, da war doch nichts echt dran, die vielen Drähte und das ganze Zeug, was aus dem rausguckte. Sie hatte das ja irgendwie bemerkt, und dann, als Johnny ihn vollends kaputt gehauen hatte, hatte sie sich ja auch total erschrocken, und dann sind sie ja sofort raus aus dem Haus und haben nur ein paar Kleinigkeiten mitnehmen können, Ausweis und Unterhosen, Zahnbürste,

Kamm. Mehr war nicht drin gewesen. Es musste blitzschnell gehen, Johnny hatte sie einfach mitgerissen. Sie wollte noch bleiben. Die Lockenwickler zusammensuchen. Das Bratenfett und die Pfanne. Die Milch war auch noch ganz frisch. Aber nein! Johnny ließ es nicht zu. Mutter war sauer. Hier war noch nicht mal ein Kühlschrank. Nur Dreck. So sollte sie jetzt ihr Leben weiterleben müssen? Eine Schande!

Johnny kam ins Versteck reingekrochen.

»Mutter, wir müssen umziehen! Die Bullen haben was gemerkt! Die kommen uns sonst holen, komm, pack dein Zeug, wir hauen ab!«

Mutter wollte nicht.

»Ich bleib! Du kannst ja machen, was du willst, du machst ja sowieso, was du willst, du Schwein! DU hast den Kerl doch kaputt gemacht! Nicht ich! Ich bleib hier!«

Johnny knallte ihr umgehend eine.

»Pack deine Sachen! Los!«

Mutter blieb nichts anderes übrig, sie nahm den Ausweis und die Unterhosen, den Kamm und die Zahnbürste, und dann, nachdem sie das Versteck mit den Füßen zertrampelt hatten, liefen sie in Richtung Süddeutschland. Man sah noch lange ihre Silhouetten am Abendhimmel, bevor sie ganz verschwanden.

»Nicht abmontieren! Nicht abmontieren!« Der Regisseur flippte förmlich aus. Vor der Linse seiner immens wichtigen Kamera spielte sich gerade ein Drama ab. Ein dicker, nur mit einer Art Windel bekleideter Mann, eingeölt mit Mandelöl, trug Sandalen aus Lederriemen. Er wurde von einem anderen Mann, der einen langen purpurnen Mantel trug, auf dem in großen Buchstaben »Petrus« gestickt war, unter den Achseln gestützt. Hinter den beiden auf einer Leiter waren zwei Monteure damit beschäftigt, den verrosteten Badeboiler, der in der Wand verankert war, abzubauen.

Eine Frau mit einem Stecknadelkissen um das Handgelenk fummelte ein bedrucktes Blatt Papier aus der Tasche und überreichte es dem Regisseur. »Hier, die Rechnung für die Stickereien!«

Der Regisseur flippte erneut aus. »Doch nicht JETZT, du dummes Stück! Du siehst doch, was wir hier für PROBLEMS haben, hier läuft doch mal wieder ALLES schief! Hau ab!«

Die Arme verdrückte sich schnell woandershin. Der Regieassistent hob die Klappe hoch.

»Warte! Los, aus dem Bild, ihr Schwachköpfe! Ja, ihr seid gemeint! LASST das doch! Der Badeboiler bleibt dran! READY!«

Die Klappe wurde ein weiteres Mal vom Regieassistenten hochgehalten: »Der Bulle von Nazareth, die 4.!« Dann summten die Innereien der wertvollen Kamera, und die beiden Darsteller begannen mit dem Schauspiel.

»Wilfried! Mein Ein und Alles! Was muss noch geschehen, damit du für immer bekannt wirst!«

»Mach dir keine Sorgen« (und mit einem verstohlenen Blick auf die Schrift auf dem purpurroten Mantel): »Petrus! Ich werd das Ding schon schaukeln!«

Der Regisseur raste vor Wut!

»… das Ding schaukeln!!! So ein Quatsch! So spricht man doch nicht im Jahre 28 nach Christi Geburt!«

Musik setzte ein, die Szene wurde noch einmal gedreht.

»Wie geil ist das denn, Bro, Fly! Echt mint, dein Sticker auf diesem Purple-Coat, du bist ein Killer, du Opfer!«

»Jaaaa! Das ist es! DAS ist ES!« Der Regisseur war zufrieden. Er sprang von seinem Klapphocker auf und verbreitete Atmosphäre. Etwas weiter weg vom Set warteten ein paar Statisten auf ihren Einsatz, sie lagen gelangweilt auf einer Holzpalette.

Jérôme hat verloren. Er schüttet Karl und sich einen trockenen Rotwein ein. Die Gläser sind halb voll.

»Prost, Karl!« Karl ist es etwas peinlich, wieder mal gewonnen zu haben. »Danke, Jérôme. Es war aber nicht leicht.«

»Ach Quatsch, Karl! Ich weiß doch, dass ich nicht der Größte bin im Schach! (Lacht) Ich habe noch nie gewonnen!«

Bei diesen Worten lässt Jérôme sich nicht anmerken, dass er innerlich so aufgewühlt ist wie lange nicht mehr. Wieso gewinnt dieser Scheißkerl immer? Was mache ich falsch? Bin ich nicht immer unheimlich zuvorkommend gewesen? Was bildet sich der Kerl eigentlich ein?! Ekelhaft!

»Hier, nimm noch ein paar Plätzchen! Ich habe sie selbst gebacken!«

Karl greift zu. Er weiß nicht, dass Jérôme diese Plätzchen mit Arsen versetzt hat. Dieses Gift wirkt eigentlich nicht sofort, doch die Dosis macht's. Die Plätzchen sind schnell aufgegessen, denn Karl mag sie gerne. Außerdem liebt er Jérôme über alles. Er hat keinerlei Argwohn. So wundert er sich auch nicht, dass er nach ungefähr 40 Sekunden seitlich absackt und mit schmerzverzerrtem Gesicht den Sessel runterrutscht. Die jetzt blaue Zunge hängt ihm weit aus dem Hals, als er Jérôme mit einem letzten ungläubigen Blick durchbohrt. Tot.

Jérôme schleppt ihn sofort in seine Küche und schmeißt ihn längs auf den Fußboden. Dann öffnet er den Küchenschrank und holt die oszillierende Säge raus.

»... der Polarfuchs ist ein Meister der Tarnung, hier sitzt er mitten im Schnee, und keiner kann ihn sehen, denn beide sind weiß...« Der Fernseher plärrt eine Dokumentation über die Arktis.

Jérôme hört mit einem Ohr zu, die Säge dringt tief in den rechten Oberarm von Karl ein, das Geräusch ist bellend laut, als die Säge in den Knochen eindringt. Schnell ist Karl in die erforderlichen sieben Teile demontiert. Der Kopf landet in einem Korb, Jérôme entnimmt die Augen, der Rest kommt in Müllsäcke, fest verschnürt. Es ist jetzt schon seine siebte echte Leiche, aus der er einen »Hybriden« macht, so nennt er selbst seine Erfindung, seine

Grismann bei der Arbeit

»Geschöpfe«, wenn man so will. Zusammen mit den richtigen Komponenten wird auch Karl sicherlich ein besonders funktionstüchtiger »Hyb« (Kurzform!). Dann wieder viermal in den Keller. Jetzt ist die Kühltruhe voll. Dieses Mal steigt ein Bewohner des Hauses im Aufzug zu. Jérôme versteht es, ihn in ein Gespräch zu verwickeln, um nicht aufzufallen, denn er hat noch einen schwarzen Müllsack mit Leichenteilen bei sich.

»Sie sind sicherlich neu hier, oder?« Der Zugestiegene bejaht. Er sagt nichts, guckt nur doof vor sich hin.

»Ich meine, dieses Haus ist sauber, verstehen Sie? Hier wird noch richtig sauber gemacht, der Flur zum Beispiel. Ich war letzte Woche dran. Da habe ich natürlich geputzt. Alles muss blank sein. Wie neu, verstehen Sie? Machen Sie das denn auch so? Oder mehr so schnell mal drüber und fertig? Kölscher Wisch? Sie verstehen mich doch richtig? Hatten Sie nicht jetzt Flurdienst? Und wie sieht das hier aus? Ich meine, nicht besonders sauber. Wenn Sie verstehen, was ich meine.«

Dem Mann ist das Gerede sichtlich peinlich und auch etwas übergriffig.

»Hören Sie! Ich will Ihnen nicht zu nahe treten, aber …!«

»Das sind Sie bereits, junger Mann!«

Dann steigt der junge Mann aus, nicht ohne noch einmal zu beteuern, dass er jetzt putzen will. Heute noch.

»Das will ich auch meinen.«

Jérôme geht wieder in seine Wohnung. Er wirkt enttäuscht. Er blickt aus dem Fenster und murmelt vor sich hin: »… Scheiß Wetter … Mist … dass die im Wetterbericht nie das ansagen können, was dann wirklich ist … ich mach mir 'nen Toast.«

Er steckt zwei Toasts in den Toaster und wartet, bis es »Pling« macht, dann ist der Toast fertig. Er schmiert sich Butter und Erdbeermarmelade drauf und setzt sich in die Küche auf den Drehstuhl direkt neben die Körbe mit den Köpfen. Er muss ihnen noch die Gehirne entnehmen. Doch Jérôme ist erschöpft. Er kann nicht mehr. Er ist ja nicht mehr der Jüngste. Er beißt in seinen Toast und steht auf, geht in den Nebenraum. Seine Werkstatt. Ungefähr so groß wie die Küche. Er schläft im Wohnzimmer, auf der Schlafcouch, die er abends auszieht. Eigentlich sollte die Werkstatt das Schlafzimmer sein. Aber Jérôme braucht eine Werkstatt. Er ist nämlich einer der führenden Experten in Sachen Computer- und Roboter-Technik. Und hier sträubt sich die Feder zum ersten Mal fortzufahren:

In der Werkstatt liegen ein halbes Dutzend lebensgroße Puppen übereinandergestapelt auf zwei Tischen. Bei fast allen Puppen fehlen Arme und Beine. Und die Schädeldecken sind aufgetrennt und seitlich abgewinkelt. Zwei der Puppen befinden sich anscheinend im Zusammenbau, wenn man das so sagen kann. Aus den Schädeln ragen Transistoren, Widerstände, kleine Lötknubbelchen, verschiedenfarbige, mit Kunststoff ummantelte Leitungen, kleine Kühlrippen etc. Eine der Puppen besitzt Beine und Arme, grob an den Torso angeklippt, mit kleinen Klemmen. Die Arme und Beine sind menschlicher Natur, das Blut ist komplett herausgesaugt, und auch darin befinden sich Drähte und elektronische Kleinteilchen. Ein großes Poster klebt an der Wand mit Boris Karloff, der in dem Film »Frankenstein« gegen Blitze, die vom Himmel auf ihn einschlagen, kämpft. Die Szenerie, die sich dem Betrachter hier bietet, ist nicht leicht zu ertragen, vor allem, weil der Besitzer, der jetzt eingetreten ist, dabei ohne Rührung in seinen Marmeladentoast beißt. Doch Jérôme hat damit kein Problem, er hat Hunger. Es ist ja sein Arbeitsplatz, wenn man so will.

Kommissar Schneider lässt sich die Fußnägel schneiden. Seine Frau macht das seit Jahren am besten, er selber kann sich nicht mehr so tief bücken. Die Nägel, die zu Boden fallen, frisst Rektor, der Dackel. Der Kommissar liest Zeitung. Auf der Titelseite ist ein großes Foto von ihm, wie er in der Haustür der Baracke steht und seine Ansprache hält. Einer der Fotografen vor Ort hat ein Bild gemacht, ohne dass der Kommissar es bemerkt hat. Jetzt ist er deswegen sauer.

»Muss das denn sein? Die haben doch wohl nichts Besseres zu tun, als Fotos von Leuten zu machen, die einfach nur ihrem Beruf nachgehen.«

Er schmeißt die Zeitung in die Ecke.

»Hase! Das war aber jetzt auch nicht nötig! Ich schneide dir hier deine schmutzigen Fußnägel, und du machst hier noch Dreck, wo ich eben aufgeräumt habe! Schämen sollst du dich!«

Sie haut ihm mit der flachen Hand eins über den Schädel. Der Kommissar ist entsetzt wegen dieser Respektlosigkeit.

»Sag mal, SPINNST du, Hase?!«

Er springt auf, dabei reißt er sich den dicken Zeh vom rechten Fuß an der Nagelschere, die seine Frau noch immer zwischen den Fingern hält, der Länge nach auf. Mit einem spitzen Schrei hält er sich den Fuß mit der Hand, dafür muss er sich tief bücken, es macht »klack«, und sein Wirbel ist raus. Der Kommissar bricht auf der Stelle zusammen. Kurz darauf ertönt das Martinshorn des Krankenwagens in der Straße. Seine Frau hat geistesgegenwärtig die Feuerwehr gerufen. 112.

Doch Kommissar Schneider will auf keinen Fall ins Krankenhaus. Also wird er zu Hause notdürftig verarztet. Mit einem breiten Grinsen übers ganze Gesicht sitzt er danach am Küchentisch und guckt seine Frau an, die Schmerzmittel wirken. Dazu ein Schnaps, dann gehts. Das Einrenken der Wirbelsäule war für ihn ein Kinderspiel. Das kannte er schon. Außerdem war die dicke Notärztin ziemlich patent: Nur ein einziger, zugegebenermaßen etwas schmerzhafter Ruck, und der Kommissar war wieder der Alte.

Der blaue Lieferwagen fuhr in den Garagenhof am Ende der Straße. Die Fahrertür sprang auf, und Jérôme setzte erst den linken Fuß auf die Erde, dann zog er den Rest nach. Er öffnete das Tor der Garage mit der Hand, dann die hintere Autotür im Heck des Fahrzeuges, und schon sah man die erste Puppe. Gleich mehrere Puppen lagen kreuz und quer übereinander, in sich verhakt. Jérôme nahm die Puppen der Reihe nach auf den Arm und trug sie in die Garage. Es roch etwas faulig, aber auch süßlich. Typischer Leichengeruch. Dann schloss er die Türen des Lieferwagens und ging in die Garage. Ihm selbst fiel jetzt auch der penetrante Geruch auf. Er fluchte. »Aua!« Eine unbeholfene Handbewegung in Richtung Stirn. »Das ist ja ekelhaft! Ich hatte doch Parfum verteilt überall! Ist das denn so schnell verflogen? Scheiße!« Jérôme hatte nämlich nicht nur Schaufensterpuppen hier gestapelt, sondern auch menschliche Körperteile. Arme, Beine, Bäuche usw. Das mit der Geruchsentwicklung musste er bald mal in den Griff bekommen, sonst würden die anderen Mieter des Garagenhofs was bemerken. Dann wäre er geliefert. Er ging zu dem alten ausrangierten Küchenschrank und holte eine Tube Haarspray raus. Haarspray riecht gut und verklebt das Gewebe so, dass man den Geruch etwas binden kann, dachte Klaus. Er leerte alle 18 Dosen über den Körperteilen und Puppen aus. Die Puppen glänzten allesamt nach der Prozedur, und man konnte sich fast darin spiegeln, dachte Jérôme lächelnd. Zufrieden genehmigte er sich ein Bierchen, das er aus dem Kühlschrank zauberte. Die Garage hatte einen Stromanschluss. Mit der Flasche in der Hand hockte er sich vor eine der Puppen, nahm sein Handy und suchte darin eine Nummer …

IV.

Die Baracke war in einen tiefen Nebel gehüllt. Kommissar Schneider, der dort noch einmal hingefahren war, um der Sache noch etwas tiefer auf den Grund zu gehen, vernahm Geräusche aus dem Nachbarhaus. Zuerst hatte er am Tatort die Schallplatte der Band IRON BUTTERFLY gehört, war dabei selig eingeschlafen, jetzt wachte er auf der Couch liegend auf. Neben ihm auf dem kleinen Tischchen lag die Wohnzimmerlampe, die er abmontiert hatte. Nebenan musste irgendetwas los sein, der Kommissar spitzte die Ohren. Er meinte, Gejammer zu hören, und da! Ein Knall! Und Applaus?

Kommissar Schneider stand auf und ging zur Haustür, öffnete sie und guckte heraus. Er reckte seinen Kopf um die Ecke. Vor dem Haus nebenan standen mehrere Lieferwagen, in einem kleinen Bus sah er eine Kaffeemaschine dampfen. Kein Zweifel, es handelte sich um eine mobile Kaffeebar. Davor standen drei Leute und unterhielten sich mit Pappbechern in der Hand, gefüllt mit Kaffee oder Tee, das konnte der Kommissar nicht sofort erkennen. Er schritt auf die Leute zu.

»Hallo! Hallo!«

Die drei unterhielten sich weiter und nahmen keine Notiz von ihm. Der Kommissar stellte sich vor die Kaffeebar und zückte seinen Ausweis.

»Hallo, meine Damen, meine Herren, Kriminalpolizei, Schneider! Was ist hier los?«

Endlich reagierten sie.

»Nichts!«

»Wie, nichts!?«

»Na ja, hier wird ein Film gedreht, das sieht man doch!«

Der Kommissar wurde jetzt ungemütlich.

»Zeigt mal eure Dokumente!«

Mürrisch gaben ihm die drei ihre Ausweise. Der Kommissar prüfte sie mit bloßem Auge, dann gab er sie zurück.

»Was wird denn hier so gedreht? Ein Kinofilm?«

»Ja, was denn sonst!«

»Und welcher Film, wenn man mal fragen darf?«

»Der Bulle von Nazareth! Steht doch hier!«

Der Typ zeigte auf die Tafel, die an der fahrbaren Kaffeebar angebracht war. Darauf stand tatsächlich: »Filmprojekt – Der Bulle von Nazareth / Historienfilm«.

»Was heißt Historienfilm?«

»Das heißt, dass alles sehr realistisch inszeniert ist, eben so, wie es damals wirklich war.«

»Alles? Auch die Unterwäsche und so?«

»Ja, in der Tat! Die Unterhosen sind der damaligen Zeit nachempfunden und kratzen sehr, die gesamte Kleidung ist in dieser Art extra genäht worden. Ich bin der Schneider, Hellmann, Peter Hellmann, und das hier ist die Kostümbildnerin, Frau Pfaffenhauf, und die Setdresserin, Frau Poppen!«

»Was heißt ›Setdresserin‹? Diesen Beruf kenn ich gar nicht.«

»Setdresser bereiten alles zum Dreh vor, zum Beispiel stellen sie ein Tischchen auf, und darauf legen sie eine Zeitung, damit der Schauspieler damit spielen kann.«

»Schauspieler* innen!«, fiel ihm die Setdresserin ins Wort, sie war sichtlich aufgeregt. »Könnt ihr euch verdammt noch mal an die Sprachform halten, die wir vorher besprochen haben, wir wollten doch gendern!«

»Oh entschuldige, Andrea, das hatte ich vergessen!«

Jetzt schaltete sich der Kommissar ein: »Frau Poppen, wo waren Sie gestern um dieselbe Uhrzeit ungefähr, und auch Sie, Herr Hellmann, und Frau Pfaffenhauf, ist Ihnen hier oder am Nebenhaus etwas Ungewöhnliches aufgefallen?«

Der Kommisar war wieder in seinem Element. Die so Befragten verhielten sich sehr zurückhaltend, alle hielten es wohl für angebrachter, in diesem Fall besser gar keine Informationen herauszugeben.

»Wir waren ja drinnen, gestern hatten wir einen ziemlich anstrengenden Nachtdreh, die Scheinwerfer waren draußen aufgestellt, und diese HMI sind sehr grell, da gehen wir nicht raus, wir wollen uns ja nicht die Augen verderben.«

Als der Kommissar wegfuhr, sah er im Rückspiegel, wie sich die drei anscheinend ziemlich lautstark stritten. Er hörte noch: »Du dumme Sau! Was fällt dir ein, mir hier vor so 'nem Bullen ins Wort zu fallen und mich auch noch wegen deinem scheiß Genderwahn zurechtzuweisen, du Arschloch!«

»Arschlöch*in, und dumme Säu*in, wenn du schon anfängst, so mit mir zu sprechen!«

Dabei haute sie ihrer Widersacherin dermaßen aggressiv eins auf die Fresse, dass die Arme sofort anfing zu bluten. Der Kommissar gab Gas, für so was hatte er nicht das geringste Verständnis.

Donna O., in Pose, singt in ein goldenes Mikrofon: »Mr. Besserwisser aus der Verbesserungsanstalt, weiß immer alles besser, nichts wissen lässt ihn kalt. Mr. Besserwisser hat immer Fachwissen parat, Mr. Besserwisser, bitte zum Telefonapparat! Am andern Ende wartet einer, der nichts weiß, Mr. Besserwisser erzählt ihm irgendeinen Scheiß.«

»Jaaa! Genau so, Donna! Und immer schön mit dem Hintern wackeln dabei! Brust raus, die Leute wollen dich ganz sehen! Wir machen es gleich noch mal! Gut so, nichts verändern!«

»Aber ich dachte, du hättest das aufgenommen, Brian!«

»Donna, ich bin Profi! Erst muss es sitzen! Also, auf Anfang, Gerd!«

Donna O.

»Wir brauchen mehr Licht von hinten!«

Der Oberbeleuchter kommt angerannt.

»Mehr von hinten, sonst sieht man zu viel vom Hintergrund.«

»Okay, Jürgen soll mehr reinschicken.«

»Jüüüürgen!!! Mehr! 20 % mehr! Nein, besser 30!«

Es wird schlagartig heller im Raum. Die Band beginnt mit den ersten Takten. Es wird für den Film ein Musikvideo gedreht, mit Donna O., einer vielversprechenden neuen Sängerin. In Wirklichkeit heißt sie natürlich nicht Donna O., sondern Angelika Berzky. Aber der Name ist nicht für den US-Markt geeignet, fand das Produzententeam. Denselben Song würde es dann auch in Englisch geben. Donna O.'s Markenzeichen war eine Glatze und darüber eine Plümmelmütze. Das Autorenteam von »Der Bulle von Nazareth« ist auch zugegen, vier langweilige Typen mit Anzügen und gestärkten Hemden. Sie sitzen auf dem großen Sofa in der Ecke. Davor ein Cocktailtischchen, Salzstangen, Cola, alles da.

»Am besten wäre es, wenn du dich ein wenig auf deinen Absätzen drehen würdest, das macht Sinn! Ja, immer so hin und her, ABER NICHT ZU VIEL! NEIN! Das geht so nicht.«

Die Musik bricht sofort ab. Donna O. fängt an zu schluchzen. Der Regisseur schlägt beide Hände über dem Kopf zusammen!

»Du brauchst doch gar nicht wirklich zu singen, das ist doch PLAYBACK, Donna!«

»Hört zu, ich bin Donna O., und ich bin schon ziemlich berühmt, aber mit euch geht ja irgendwie gar nichts! Könnt ihr denn nicht mal wenigstens etwas Legereres anziehen? Ihr seht ja aus, als würdet ihr gleich zum Abiball gehen! Ihr verbreitet vielleicht eine unangenehme Atmosphäre! Nehmt euch doch mal ein Beispiel an den Amis, zum Beispiel ›Notorious B.I.G‹. Wenn die Videos machen, haben alle die coolsten Klamotten an, das wirkt doch auf den Künstler, so wie hier geht gar nichts! Ich mach für heute Schluss!«

Sie will tatsächlich gehen. Der Regisseur und zwei der Produzenten stellen sich ihr in den Weg.

»Dageblieben!«

Einer der Produzenten schlägt ihr mit dem Handrücken derb einmal übers Gesicht. Donna wird sofort hysterisch.

»Ihr verdammten Schweine, Scheißkerle!«

Dann bricht sie heulend zusammen, mitten im Set. Das Arbeitslicht wird angemacht, es wird umgehend aufgeräumt, alle murmeln durcheinander. Donna wird von zwei Maskenbildnerinnen herausgeleitet, sie müssen sie jetzt stützen. Der Schauspieler mit der Windel, der den Bullen spielt, geht zusammen mit seinem Manager durch das Filmset. Er hat seine Hose hinter dem Scheinwerfer liegen lassen, die er in den Drehpausen immer wieder anzieht, weil es ihm sonst zu kalt ist. Der Produzent, der Donna O. geschlagen hat, redet noch beim Herausgehen auf sie ein, es wäre doch nicht so schlimm gewesen, so wäre die Branche, er wäre auch nur ein Mensch, und alle hätten sie sehr sehr lieb und …

»Wir machen morgen weiter!«

Da zückt Kommissar Schneider seinen Polizeiausweis.

»Kriminalpolizei, Mordkommission, Schneider! Ich habe ein paar Fragen an Sie.«

Der Produzent will gerade an ihm vorbeigehen und hat seine Hand an des Kommissars Schulter gedrückt, will ihn beiseiteschieben. Blitzschnell hat Kommissar Schneider ihn im Polizeigriff. Dann haut er ihm mit der Faust, in der er sein Feuerzeug hält, voll ins Gesicht. Der Produzent fällt um. Dann erscheint der nächste Produzent.

»Sagen Sie mal, was soll das hier?«

Zack, auch er bekommt sein Fett weg. Jetzt liegen schon zwei Leute am Boden.

»Sonst noch jemand ohne Fahrschein?«

Der Kommissar ist etwas ungehalten. Als der Dritte rauskommt, der geistesgegenwärtig seine Hände hebt, beruhigt sich der Kommissar schnell. Er wollte einfach wissen, wie so ein Tag bei einer Filmproduktion abläuft und wer für was zuständig ist, wie viel Leute so am Set mitarbeiten und welche Komparsen wo gemietet werden können. Und ob es unter den Beschäftigten öfter Streit gibt, ob sie in einer Gewerkschaft sind, wie viel Geld Schauspieler, Kleindarsteller und Komparsen so verdienen. Nach einer Stunde intensiver Befragung verlässt der Kommissar zufrieden die Filmproduktion. Bei seinen Opfern hat er sich entschuldigt. Beim Wegfahren las er noch im Rückspiegel das Wort »noitkudorpmliF –.S.U-rojaM«.

V.

Wechsel des Erdteiles: Rauchschwaden zogen in der Ferne gen Himmel, die Kuppen der Dünen in der Wüste schillerten silbrig, Kraniche bildeten eine Formation am Horizont. Die Sonne war gerade aufgegangen. Die nächtliche Kälte verzog sich fast in Sekundenschnelle, schon nach kürzester Zeit begann der Führer der kleinen Karawane zu schwitzen. Mit einem dicken Kamel, schwer beladen, durchquerte er das Wadi Quahma. Der Führer hatte schon ein gewisses Alter erreicht, eigentlich könnte er in Rente gehen. Er transportierte ausrangierte Schaufensterpuppen nach Jordanien. Dafür bekam er umgerechnet 12 Euro am Tag. Nicht gerade viel, wenn man bedenkt, dass eine Tasse Café au Lait auf den Champs-Élysées 16 Euro 90 kostete! Die meisten Schaufensterpuppen waren zerdötscht, vor allen Dingen am Busen und auch an den Händen und Köpfen. Ausgemusterte Ware aus Europa, Puppen, die in Marrakesch eine lange Zeit in den Schaufenstern oder Basaren, behängt mit Bikinioberteilen oder Hijabs, gehäkelten Stolas und gestreiften

Schlaghosen aus den Siebzigern, ihr unbewegliches Dasein gefristet hatten, zur Belustigung der einheimischen Bevölkerung und für die vielen Touristen, damit sie sich vorstellen konnten, wie denn solch eine Hose wohl bei ihnen selbst aussehen würde, ohne sie anzuprobieren. Abu Kharsahri Ibn Said hatte einen Hauptabnehmer für die Puppen in Deutschland. Aber erst mussten die Teile nach Jordanien geschafft werden und von da aus auf das Containerschiff »Windsbraut II«.

Kommissar Schneider sitzt in der Küche und zupft auf seiner Gitarre. Seit er Unterricht genommen hat bei Herrn Fischer von gegenüber, einem pensionierten Musiklehrer, versucht er sich des Öfteren an Bach, Händel und anderen Komponisten. Er hat auch eine schöne Gitarre gekauft im Musikgeschäft, er hat sich sogar beraten lassen, welche Gitarre am besten zu ihm passt. Sie war zwar nicht teuer, aber der Verkäufer hat gesagt, so eine teure Gitarre, wie sie die Profis haben, wäre bei ihm nicht angebracht. Im Radio spricht der Nachrichtensprecher von einer Massenpanik in einer Disco auf den Philippinen, einer Neuwahl in Kolumbien, dem Sturz eines Radprofis, einer Pause der Kriegshandlungen in Polynesien durch einen Waffenstillstand, dem Geburtstag von Michelangelo, und dann kommen die Lottozahlen. Frau Kommissar spitzt die Ohren. Dem Kommissar fällt nicht auf, wie schwer sie atmet, nachdem die Lottofee die Zahlen aufgesagt hat.

»Hase, ich geh einkaufen!« Damit verabschiedet sie sich schnell von ihrem Mann. Der wiederum zupft gedankenlos und mit irrem Blick auf seiner Gitarre immerzu denselben Ton. Twännng – Twännng – Twännng.

Jérôme hält den Telefonhörer, in der anderen Hand ein Brötchen mit Holländer Käse, mittelalt.

»Wie viel?«

Der Vermittler räuspert sich. Dann, mit heiserer Stimme: »35, zusammen. Es sind 12 Stück!«

»Ahhh! Das ist guuuut! Wo soll ich sie abholen lassen?«

»Bremerhaven, übermorgen, das Schiff heißt ›Windsbraut II‹. Ein ehemaliger Tanker, zum Weizentransport umgebaut. 36.000 Bruttoregistertonnen, also schon ein Kaventsmann, Sie werden es sofort erkennen. Es hat die Flagge von Liberia.«

»Danke, Herr Ibn al Khabhone. Wie immer ein Vergnügen, mit Ihnen Geschäfte zu machen! Auf Wiedersehen!«

»Auf Wiedersehen!«

VI.

Paris: Die Dohle pickte dem Kommissar am Bein, immer und immer wieder. Er war an seinem freien Tag nach Paris gereist, um einmal Abstand zu gewinnen von seinem alltäglichen Trott. Da saß er nun, im Straßencafé auf dem Boulevard St. Michel, dem berühmten Café »Select«. Der Kommissar krümelte ein paar Stückchen Baguette klein und warf sie auf den Boden. Die Dohle pickte sie auf, dann pickte sie wieder sofort an seinem Bein. Der Kommissar schüttelte kräftig damit. Mit Erfolg. Die Dohle flog auf und weg. Die Stadt zeigte sich ihm wie auf dem Präsentierteller. Was schlenderte hier nur für eine interessante Personalie vorbei, man könnte auch sagen: Das Theater des Lebens! Ihm kam der Film »Les Enfants du Paradis« in den Sinn. Von Marcel Carné, Drehbuch Jaques Prévert. Eine Horde Fußballhooligans aus Auteuil, übrigens dem Geburtsort von Marcel Proust, Kommissar Schneiders absolutem Lieblingsautor, neben Raymond Chandler, störte hier ein wenig die Idylle. Der Kommissar nahm die Eindrücke auf wie ein Schwamm.

Deshalb war er hier. Um seinen beruflichen Stress abzubauen, an etwas anderes denken, einfach nur mal nach Paris, wer konnte sich das schon heutzutage noch leisten! Kommissar Schneider bestellte sich eine Madeleine und einen Café au Lait. Dazu einen frisch gepressten Orangensaft, der ihm später noch Ärger machen würde (wir kommen drauf zurück! Vielleicht). Eine Frau mit einem Basset an der Leine stolzierte mit hoch erhobenem Kopf an Kommissar Schneider vorbei. Der Kommissar warf ihr ein gewinnendes Lächeln zu. Sie erwiderte es mit einem breiten Mund. Man konnte diese verzogene Miene aber nicht Grinsen nennen, dazu war es zu schmal. Auch zog sie ihre Stirn kraus. Trotzdem hob der Kommissar kurz seine Tasse zum Gruß hoch und stellte sie wieder auf die Untertasse. Ein wunderschönes Stück Porzellan. Verzückt nippte er an dem leckeren Kaffee. Die Frau ging weiter. Ein Paar schob einen Kinderwagen vor sich her. Der Mann war sehr aufgebracht, so kam es dem Kommissar zumindest vor, er fuchtelte immerzu mit den Armen und redete auf die Frau ein. Ob es seine Frau war, konnte der Kommissar nicht erkennen. Das steht ja nicht dran geschrieben, dachte er noch. Der Kommissar schmunzelte. Er tunkte die Madeleine in seinen Kaffee, schlürfte ausgiebig an dem Gebäck. Dann holte er eine Zeitung aus der Manteltasche. Hier konnte er, ohne sich beobachtet zu fühlen, die St. Pauli Nachrichten lesen. Er schlug die erste Seite auf. Sofort sprang ihm das Foto einer nackten, dickbusigen Frau ins Gesicht. Er erschrak sich, er hatte nicht damit gerechnet, dass die Zeitung so freizügig war. Verstohlen schlug er die Zeitung wieder zu, lugte nur mit herabgezogenem Kopf zwischen den Seiten und konnte so schemenhaft die Frauen erkennen, die abgebildet waren. Damit keiner ihm über die Schulter gucken konnte, hatte er sich auch ganz nah an die Außenwand des Lokals gesetzt, eine gute Idee, wie er fand. Wieder und wieder kamen Passanten des Weges. Bei einem wurde er aufmerksam, der Mensch hatte eine Irokesenfrisur, ein graues Kleid an, dazu trug er Pumps und Strümpfe mit einer dicken Naht hintendran. Das Gesicht war herb und stoppelbärtig. Was war es denn nun, dachte der Kommissar irritiert, während er die Zeitung mit halbem Auge weiterbetrachtete. Der Mensch kam auf den Tisch des Kommissars zu und fragte mit anscheinend verstellter und hohl klingender Stimme: »C'est occupé, mon cher?« Der Kommissar verstand nichts, doch wies er der Person den freien Platz an seiner Seite zu, ohne aufzublicken. Er interessierte sich nur für seine Zeitung.

»Je suis un enfant de Paris!«

Der Kommissar sah die Person durchdringend an.

»Je suis un homme!« Der Mann mit dem grauen Kleid stellte sich anscheinend vor.

»Ah!«, kam es aus des Kommissars Mund. Er staunte. Dann versuchte er, an dem Mann vorbeizuschauen, es kamen ein paar Studentinnen der nahe liegenden Hochschule für Betriebswirtschaft vorbei. Ihre bunten Miniröcke stachen aus der Masse des, zugegebenermaßen, sehr interessanten Molochs Paris noch einmal heraus wie Himbeeren in einem Kalkeimer.

Der Graue bestellte einen Batida de Côco. Gleich zwei, für den Kommissar mit. Der Kellner brachte umgehend die kleinen Gläschen, denn er wollte bald Feierabend machen und auch schnell noch kassieren. »On m'appelle ›Le grand danseur de claquettes‹!«, raunte der Graue dem Kommissar zu. Der Kommissar konnte kein Wort Französisch, denn sonst hätte er gewusst, dass der Graue allgemein »Der große Stepptänzer« genannt wurde. Die Zeit verging, Menschen strömten durch die Champs-Élysées, so viele, dass der Kommissar davon nach einiger Zeit wie hypnotisiert war. Er schaute nur noch leer vor sich hin, hatte sich noch einen Kaffee bestellt und noch einen und noch einen, der Graue hatte sich irgendwann schmollend davongemacht, es wurde Abend. Der Kellner, es war jetzt schon der dritte, sie wechselten sich alle vier Stunden ab, präsentierte Kommissar Schneider die Rechnung, sie war auf 114 Euro und 80 Cent gewachsen, er hatte immerhin fast acht Stunden da gesessen und einen Kaffee nach dem anderen getrunken. Der Kommissar knüllte hektisch ein paar alte Francs-Scheine zusammen, stopfte sie dem Garçon in die Westentasche und marschierte los. »Stimmt so«, rief er. Der Kellner kippte fast aus den Latschen. So was war ihm in seinem ganzen vie de garçon noch nicht untergekommen. Er errötete sogar leicht.

Kommissar Schneider schleppte sich mit allerletzter Kraft ins Hotel Ritz.

Bremerhaven: Jérôme sieht die Silhouette der »Windsbraut« durch sein Marineglas. Die Optik ist schwimmend gelagert, so gibt es, wenn er mal mit dem Ellenbogen an den kleinen Tisch stößt, nicht unbedingt sofort einen Shutter-Effekt. Eine geniale Erfindung. Auf dem Tischchen in der Mittelkonsole des Lastwagens steht sein Tee, die Tasse ist randvoll und dampft, Jérôme hätte sich beinahe den Gaumen verbrannt, als er den ersten Schluck nehmen wollte, jetzt wartet er lieber ab, bis der Tee kälter wird.

Der ehemalige Tanker kommt näher. Bald wird er den Pier erreicht haben. Die Ware wird dann sofort gelöscht werden können, es warten noch etliche andere Überseeschiffe auf ihre Abfertigung, alles muss schnell gehen. Zeit ist Geld. Aber bis Jérôme seine Ware entgegennehmen kann, wird noch der ganze Tag vergehen. Er wird die zerdötschten Schaufensterpuppen erst mitnehmen können, wenn alle Formalitäten erledigt sein werden. Der verplombte Container wird dann erst geöffnet werden, er ist mit einem Code gekennzeichnet, außerdem trägt er den Stempelabdruck der CBP, der U.S. Customs and Border Protection. Vorschrift. Nach ISO17712. Die Plomben können nur mit einem Bolzenschneider geöffnet werden. Jérôme schwitzt, als er mit dem blauen Lieferwagen rückwärts auf das Kai fährt, langsam, sehr behutsam, jeden Moment könnte ein Gabelstapler oder ein Elektrokarren aus den kleinen Gassen geschossen kommen, die den Weg zum Kai von beiden Seiten säumen. Jérôme ist angespannt. Das passt nicht zu ihm. Er weiß das. Deshalb wischt er sich mit einer Hand den Schweiß von der Stirn, und er atmet durch. Jetzt geht es besser. Was soll's. Er versteht selbst nicht, warum er nervös ist. Es ist doch nichts dabei, ausgediente Schaufensterpuppen am Zoll vorbeizuschmuggeln. Kavaliersdelikt, mehr nicht. Doch wenn sie ihn erwischen würden, würden sie mit Sicherheit bei ihm zu Hause eine Hausdurchsuchung machen, Jérôme ist fest davon überzeugt. Das macht ihn nun doch panisch. Er steigt aus, schaut sich suchend um, da kommt der Kerl, dem er 25 Euro geben muss, damit er ihm den Container mit dem Bolzenschneider öffnet. Alles muss schnell gehen. »Moin, Jérôme!«

Der Schauermann geht mit seinem Bündel vorbei. Er hat Feierabend. Er kennt Jérôme. Jérôme grüßt freundlich zurück.

»Denn man tau!«

»Jou!«

Hier redet man nicht viel. Ein Glück, er hat nichts bemerkt. Der Mann mit dem Bolzenschneider ist schnell, es macht zweimal »klack« und nochmals »klack«, und sofort fallen Jérôme die Puppen entgegen, er bugsiert sie so schnell er kann rein in den Lieferwagen, während der mit dem Bolzenschneider Schmiere steht, dann nichts wie weg. Im Rückspiegel sieht er, wie sich jetzt mehrere Personen an dem Container zu schaffen machen. Keiner hat bemerkt, dass da sechs ausgediente Schaufensterpuppen fehlen.

Im Großen und Ganzen war die Nacht ziemlich klar, die Sonne ging auf, und der Mond ging unter, Kommissar Schneider saß im Ritz allein an der Bar, ihm lief der Whiskey die Kehle runter. »Ahhhh!«, er stellte das Glas vor sich auf den Tresen.

»Ich hatte einen Einzylinder, Deutz, Baujahr 1950. Der konnte ein ganzes Jahr mit einer Dieselfüllung laufen, das ist wirklich wahr! Natürlich im Stand. Unter Volllast geht das nicht.«

Er lachte. Der Mann mit dem grauen Kleid saß in der Bar neben ihm. Er hatte den Kommissar anscheinend verfolgt und sich einfach wieder zu ihm gesellt und sich ein Bier bestellt. Der Kommissar war allerdings schon etwas angetrunken, deshalb war ihm gar nicht aufgefallen, dass es sich bei seiner Barbekanntschaft um die Person handelte, die schon im Café so aufdringlich gewesen war und sich genau neben ihn gesetzt hatte.

»Je suis Jean Michel. Et tu? Commont t'apelles-tu?«

Der Kommissar verstand nichts.

»Jean Michel!« Der Graue streckte dem Kommissar die Hand entgegen. Jetzt verstand der Kommissar.

»Schneider! Kommissar Schneider, Deutschland!«

Der Graue schrak zusammen.

»Oh oh, Monsieur le Commisaire! Je n' étais pas là!« – und er verschwand sofort von der Bildfläche.

VII.

Johnny und seine Mutter lagen am Strand. Sie hatten es geschafft, ins Ausland zu entkommen, obwohl Johnny sich jederzeit für die Polizei bereithalten sollte. Doch genau das machte ihm Unbehagen. Wenn es auch so aussah, als wäre noch niemand dahintergekommen, dass er mit seiner Mutter genau in der Baracke gehaust hatte, in der dieser tote »Kunsttyp« – er konnte ihn nicht anders benennen – gefunden worden war.

Tatsache war, dass seine Mutter als Büglerin eigentlich einen sicheren Job gehabt hatte, aber eines Tages vergessen hatte, das Bügeleisen auszustellen, als sie das Haus ihrer Arbeitgeberin verlassen hatte. Dadurch brannte das gesamte Haus ab, und zwei ältere Herrschaften konnten nicht mehr aus den Flammen gerettet werden, weil die Mauer, die das Haus umgab, für die Feuerwehr zu hoch war und sie erst mal einen Bulldozer zum Einsatz bringen mussten, um auf das Grundstück zu gelangen. Für Johnnys Mutter war das der Anlass gewesen, sich sozusagen unsichtbar zu machen, mitsamt ihrem Sohn, denn der war so einfältig, der hätte vielleicht irgendwann mal gesungen, wie es so schön heißt. Deshalb lebte sie mehrere Jahre undercover, mal hier, mal da. Dann hatte sie diese Baracke da an der Braunkohlebrache entdeckt, die zwar unbewohnt war, aber in der Hast, in der die ehemaligen Besitzer damals ausgezogen waren – der riesige Braunkohlebagger flößte ihnen wohl eine vorher nie gekannte Angst ein –, waren auch etliche Gegenstände des täglichen Lebens darin verblieben, zum Beispiel die curryfarbene Couch und sogar eine Pflanze. Die Mutter dachte, sich hier niederlassen zu können, ohne dass es in der Nachbarschaft sonderlich auffallen würde, denn es gab praktisch keine Nachbarschaft. Johnny ging von da aus Lebensmittel besorgen und ab und zu mal einen saufen, in der nahe gelegenen Kneipe, die jetzt aber seit ein paar Wochen geschlossen war. Auch da sollte demnächst der Riesenbagger wüten.

»Ahhh, ich kann nicht mehr, die Sonne knallt! Guck mal, Mama! Ich bin schon total rot!«

Erschrocken zeigte Johnny seiner Mutter seinen linken Arm. Er fuchtelte damit vor ihrer Nase rum.

»Hör doch auf! Du Schwein! Dann creme dich ein, du blödes Stück!« Sie warf ihm die Tube Sonnenschutzmittel 50 % hin. Johnny schnappte die Tube und stand auf, dann schlenderte er nach oben an die kleine Mauer, die den Strand von der Straße trennte. Er setzte sich hin und rieb sich ausgiebig seine Arme und Beine ein. Ein Uhrenverkäufer ergriff die Gelegenheit, sich sofort um die jetzt alleine auf einem schmalen Handtuch liegende Frau zu bemühen. Er stolzierte mit seiner geöffneten Hemdjacke vor sie hin, sodass sie plötzlich im Schatten lag. Davon wurde sie aus der Lethargie erweckt.

»Hau ab, du Arsch!«, sie winkte ihn weiter. Der Uhrenverkäufer ließ nicht locker. Er zeigte ihr alle Uhren, indem er seine Hemdjacke mehrmals öffnete und die untereinanderhängenden goldenen Uhren bestmöglich präsentierte. Mutter rastete schier aus. Sie sprang wie der Teufel aus der Kiste hoch und haute dem Mann dermaßen kräftig gegen den Hals, dass es krachte. Noch ein derber Schlag, Zähne flogen und suchten ihren Weg in den Sand, wo sie blutverschmiert liegen blieben. Johnny hatte die Szene mitbekommen und kam angesprungen, trat noch im Sprung dem Mann mit dem Fuß in den Bauch und noch mal hoch vor den Kopf, röchelnd knallte der Mann in den Sand. »Keiner von euch Typen packt meine Mutter an!«

Sofort stahlen die beiden ihm alle Uhren. Dann rannten sie weg. Der Mann stöhnte. Seine Halsschlagader war durch den derben Hieb an den Hals zusammengedrückt worden. Sein Gehirn wurde unzureichend durchblutet. Keiner der am Strand befindlichen Urlauber nahm Notiz von der Sache. Einsam starb der Mann einen langen Tod unter der Urlaubersonne von San Remo, auf einem schmalen Handtuch einer ihm völlig unbekannten Frau. Eben noch das blühende Leben mit einem Haufen mehr oder weniger wertvoller Uhren, jetzt ein Häufchen Elend. Es gibt keine Gerechtigkeit.

Kommissar Schneider schlendert noch ein wenig durch Paris. Es ist ungefähr 22 Uhr, er sieht auf der anderen Straßenseite des Boulevard Saint-Germain, genau gegenüber der Crêperie Bobo, eine kleine Gruppe von Menschen um zwei Musiker rumstehen. Das will er sich mal anschauen. Er überquert die breite Straße. Nicht ungefährlich. Doch der Kommissar kennt sich aus. Er ist zwar etwas angeschwipst, doch hat er noch alle Sinne beisammen. Seine Frau ist nicht mitgefahren nach Paris. Solche Reisen macht der Kommissar grundsätzlich, bis auf wenige Ausnahmen, zum Beispiel an ihrem 58. Geburtstag, immer alleine. Er muss abschalten, ganz alleine. Jetzt hört er die Musik besser. Er gesellt sich zu der kleinen Gruppe. Ein Saxofonist bläst gekonnt in sein Horn. Dazu spielt noch jemand Kontrabass, den hatte der Kommissar zuerst von der anderen Straßenseite, wo er sich den Crêpe gekauft hatte, gar nicht gesehen. Jetzt kaut er auf den letzten Resten der kulinarischen Sensation. Hauchdünn! Und ein Schlagzeuger rührt mit dem Besen die kleine Trommel, er sitzt auf einer umgedrehten Bierkiste. Das swingt, denkt der Kommissar. Am liebsten würde er sein Tanzbein schwingen, doch da – während des brillierenden Solos des Saxofonisten – fällt plötzlich der Schlagzeuger nach vorn über auf seine Trommel, und das wars! Alle lachen, denn sie denken, es handele sich um einen Scherz. Doch der Kommissar sieht sofort, was los ist. Der Schlagzeuger hat einen Herzinfarkt erlitten. Er bahnt sich den Weg durch die Umstehenden. »Silwuplä! Silwuplä!« Mehr ist nicht drin bei dem wenigen Französisch, das der Kommissar sprechen kann. Jetzt haben auch die Umstehenden begriffen, dass es ernst ist mit dem Zusammenbruch. Zwei Mädchen umklammern sich weinend. Der Kommissar fühlt den Puls. Zu schwach, denkt er. Er fordert die Leute auf, die Polizei zu alarmieren. Doch das ist schon getan. Von Weitem hört man eine Sirene. Keiner versucht noch, bei dem Schlagzeuger lebensrettende Maßnahmen auszuführen. Es ist definitiv zu spät. Als der Rettungswagen eintrifft, verlässt Kommissar Schneider desillusioniert den Ort. Doch er bekommt nicht mehr mit, dass der Schlagzeuger plötzlich laut lachend aufspringt! Alle Umstehenden schreien laut los, denn jetzt sind sie empört über diese »Vorstellung«! Das macht man nicht! Sich tot stellen! Was für eine charakterlose Art und Weise! Jetzt grapschen sich alle ihr Geld zurück aus dem Hut, und als die Rettungssanitäter wieder abfahren, schimpfen die anderen Musiker noch lange mit dem Schlagzeuger. »Miese Masche, du Arsch! Wir suchen uns einen Neuen!« Der Schlagzeuger ruft noch »Hey, Leute, stellt euch nicht so an, das sollte witzig sein«, dann sucht er alleine das Weite.

Kommissar Schneider streift noch lange durch die Stadt, auch am Bois de Bologne vorbei. Selbst die dort an der Straße stehenden und auf Freier wartenden verlorenen Seelen können ihn nicht aufheitern. Natürlich nicht. Wie sollten sie.

Die kleine Lottoannahmestelle in Kommissar Schneiders Straße hatte gerade erst aufgemacht. Frau Kommissar stand mit Lockenwicklern in den Haaren als dritte Kundin draußen vor der weit geöffneten Tür. Vor ihr eine Mutter mit Kinderwagen und ganz vorne am Tresen die Bezirksschornsteinfegermeisterin Lydia Woirtz. Sie hatte diese typische Schornsteinfegerkleidung an, schwarze Hose, schwarzes Hemd, schwarze Jacke, schwarze Halbschuhe, eine schwarze Umhängetasche und natürlich über die Schulter den Kehrbesen. Dann die typische Koppel mit dem »Florian«-Koppelschloss, Hosenträger, Käppi, Mundtuch, in der kleinen Tasche den Zentrierbohrer, den Blechschalbohrer und den Winkelaufreiber. Sie hatte den viereckigen Rußeimer auf den Boden neben sich gestellt, und jetzt kam sie dran. Der Verkäufer beugte sich nach vorne über die Theke und steckte ihr eine Schachtel Overstolz in die rechte Jackentasche, denn sie hatte beide Hände voll.

»Danke, Jürgen, und morgen früh bitte die Ofentür zulassen, ich fege um circa 11 Uhr einmal durch. Den ganzen Block.«

Dann drehte sie sich um und ging an den anderen vorbei auf die Straße.

»Eine Stange Lord extra bitte!«

Der Verkäufer hüpfte nach hinten zum Regal und beförderte von ganz unten, wo die Zigarettenstangen lagen, die geforderte Ware hervor, übergab sie an die Mutter, die ihm schon zwei Zwanziger hinhielt. »Das macht 37 Euro 80! Ja, danke!«

Er zählte das Rückgeld ab und gab es ihr. Dann war Frau Kommissar dran. »Guten Tag, Frau Kommissar, was darf es sein?«

Die Frau Kommissar drehte sich kurz um, prüfte die Straße, keiner zu sehen, dann flüsterte sie dem Verkäufer zu: »Ich habe sechs Richtige! Ich habe es im Radio gehört, Samstagabend letzter Woche, ich hab mich die letzten Tage gar nicht rausgetraut, ich weiß überhaupt nicht, was ich jetzt tun soll, ich hab ja hier bei Ihnen den Schein ausgefüllt, muss ich dann auch das Geld hier abholen?«

Der Verkäufer war baff!

»Das ist doch nicht möglich, zeigen Sie mal, haben Sie den Lottoschein dabei?«

Die Frau Kommissar gab ihm den Lottoschein. Tatsächlich! »2, 8, 17, 18, 31, 36!« Der Verkäufer las die Zahlen vor. Er verglich sie mit den aktuellen Lottozahlen. Sie stimmten genau überein. Er war jetzt völlig aus dem Häuschen.

»Das ist ja der Jackpott! Wahnsinn! Sie! Sind! Reich!«

Die Frau Kommissar dachte kurz nach. Jetzt nur nichts falsch machen. Der Verkäufer kam um den Tresen herum. Schnell hatte er den Blumenstrauß, der immer parat hinter ihm auf dem Sideboard stand, falls mal ein Lottogewinner käme – heute war es übrigens das allererste Mal, nach über 40 Jahren, die die Bude hier schon stand –, gegrapscht und ihn der Frau Kommissar mit einer schwungvollen Geste überreicht.

»Danke, Jürgen! Und das Geld, wie geht das? Wo muss ich da hin? Wird das überwiesen?«

»Das können Sie selbst bestimmen. Lotto zahlt es auch in bar, wenn Sie wollen!«

»Bar!« – das saß. Jetzt musste der Verkäufer in Münster anrufen, um das Geld schnellstmöglich zu bestellen. Die Leute von Lotto klärten Jürgen dann am Telefon darüber auf, dass unbedingt ein psychologischer Beistand bei der Geldübergabe dabei sein sollte, denn oft wäre es schon vorgekommen, dass Lottogewinner vollkommen ausgerastet wären und dann erst mal in eine geschlossene Anstalt zur Wiederherstellung der psychischen Stabilität gebracht werden mussten. Frau Kommissar bekam das alles nur wie durch einen nebligen Schleier mit. Fast traumwandlerisch ging sie nach Hause, packte einen kleinen Koffer mit den nötigsten Sachen, zwei Unterhemden, zwei Unterhosen, BHs, Strümpfe, ein Sommerkleid, Bikini, Sonnenöl und Zahnbürste. Dann verließ sie das Haus von Kommissar Schneider. Es sollte für immer sein. Dachte sie.

Jérôme setzte eine Schutzbrille auf. Das Zertrennen eines Körpers ist immer mit Knochenstaub verbunden, deshalb wäre es eigentlich auch angebracht gewesen, eine Atemmaske zu benutzen. Doch er war in Eile und wusste nicht mehr, wo er sie hingelegt hatte. Er hielt einfach die Luft an, so gut er konnte. Dabei pustete er rhythmisch einen Atemschwall nach vorne aus. Sicher ist sicher. Er wollte schnellstmöglichst die Schaufensterpuppe mit den echten Körperteilen der Frau aus dem Elektronikfachgeschäft und mit der Elektronik bestücken, die er vor sich auf dem langen Tisch ausgebreitet hatte. Lauter bunte Drähte, Kondensatoren, Widerstände, kleine Trafos, Sägezahngeneratoren, Chips, Lithiumbatterien. Die Technik war teilweise das aktuell Modernste, was auf dem Markt erhältlich war, aber für die grobmotorischen Bewegungsabläufe hatte Jérôme auf die altbewährte und robustere Klappertechnik zugegriffen, wie man sie beispielsweise auch von Flippern aus den 50ern kennt oder von den großen Telefonanlagen in Krankenhäusern, öffentlichen Gebäuden. Auch Bakkelitteilchen lagen auf dem Tisch. Klaus stellte damit einige Kupplungen und Mitnehmer selbst her, genau so, wie er sie benötigte. Die jeweiligen Formen changierten in ihren Abmessungen, weil die verschiedenen Schaufensterpuppen immer etwas unterschiedlich waren. Jérôme nahm einen Schluck aus der Thermoskanne, bevor er wiederholt mit der Säge tief in den linken Arm drang. Dadurch dass die Säge oszillierte, spritzte kein Blut. Zwei gegensätzlich sich drehende Sägescheiben. Diese Technik, allgemein ist diese Säge auch als Saggitalsäge bekannt, gab es schon seit den späten 60ern. Aber auch wenn es diese Säge noch nicht geben würde, Jérôme hätte sie sicherlich erfunden. Er war ein Genie. Er setzte jetzt das Gehirn, das er selbst modifiziert hatte, behutsam unter die Schädeldecke der Puppe ein. Das erste Gehirn dieser Art war eigentlich ein Zufallsprodukt gewesen. Jérôme erinnerte sich noch, wie er selbst gestaunt hatte, als der Puppenkopf, in dem er das erste »selbst gebaute« Hybrid-Gehirn eingesetzt hatte, plötzlich begonnen hatte zu sprechen. Aber das war noch nicht alles! Der Kopf antwortete auf die erste Frage von Jérôme »Wie geht es dir, Monique?« (Es sollte eine Frau werden, deshalb nannte er sie während der gesamten Forschungsarbeit »Monique«) mit »Sehr gut, Jérôme! Du hast dich mal wieder selbst übertroffen!«. Das erzählte er jedem, der es hören wollte, also den drei Menschen, die bei der Arbeit mit den Puppen dabei gewesen waren, also seinem kleinen wissenschaftlichen Team, das er allerdings nach erfolgreicher Zusammenarbeit mitleidlos erwürgt hatte. Mitwisser waren nicht erwünscht! Und verwertet hatte er sie auch. In den Schaufensterpuppen. Außer natürlich dem Prototyp »Monique«. Dass deren Kopf damals sprechen und denken konnte, verdankte Jérôme dem Umstand, dass er schlicht und einfach eine einzige Schraube im primären somatosensorischen Kortex zu laff angezogen hatte, sodass die sich dann gelöst hatte. So ein kausaler Zufallszusammenhang geschah eigentlich nie. Die Mutter der winzigen Maschinenschraube war dann, nachdem sie sich ganz gelöst hatte, in den Temporallappen gefallen (Hören, Sprechen, Gedächtnis). Dort war sie stecken geblieben. Das Team hatte dann an allen anderen Probe-»Monstern« dieselbe Mutter an gleicher Stelle eingebaut. Ab da konnten die »Lebewesen« sprechen, hören und sich Antworten ausdenken. Sie konnten sogar witzig sein! Jetzt, nach so langer Zeit der Fertigung, hatte Jérôme schon mehrere intelligente hybride Figuren geschaffen, mit denen er ab und zu auch mal essen ging oder schwimmen. Dadurch dass die Körper so echt aussahen, schöpfte niemand Verdacht. Einmal war Jérôme mit dem ICE gefahren, mit zwei der Puppen, und hatte vergessen zu bezahlen. Als der Kontrolleur kam, erfassten die beiden Hybs sofort die gesamte Situation, sie verwickelten den Kontrolleur in ein Gespräch, sodass Jérôme in voller Fahrt die Notbremse ziehen und die Tür entriegeln konnte. Dann sprangen sie aus dem Zug und hauten ab. Auch hatte er es geschafft, aus den Hybs mitfühlende Wesen zu machen. Aber natürlich klappte das nicht bei jedem Hyb, und die Plastikaußenhaut der ehemaligen Schaufensterpuppen konnte er nicht eliminieren. Das war der einzige Wermutstropfen. Schade. Heute war ein besonderer Tag. Jérôme wollte zum ersten Mal ein sogenanntes »Hypno-Auge« implantieren. Es lag bereits neben der Augenhöhle der Puppe, fertig zum Einsatz. Das Hypno-Auge kann sein Gegenüber in wenigen Sekunden in eine Kurzzeithypnose versetzen. In Momenten, in denen es darum ging, dass die Hybs entdeckt werden könnten, gab der Frontallappen einen Angstimpuls aus, und sofort reagierte das Hypno-Auge. Eine geniale Erfindung! Jérôme klopfte sich selbst genüsslich auf die eigene Schulter. Er nahm ein Viertelpfund Gehacktes vom Metzger, halb und halb, und stopfte es unter den zerdötschten Busen der Puppe, so fühlte er sich sofort auch als DER Schönheitschirurg.

Johnny Espelkamp machte »toter Mann«. Das Wasser im Mittelmeer war warm genug für ihn. Die Mutter saß etwas abseits, auf der Hafenmole. Sie waren einen Strand weiter gegangen, dort hatten sie ihre Ruhe vor Uhrenverkäufern. Die Sonne knallte steil in die Gesichter der im Sand liegenden, teilweise nur mit einem knappen Höschen bekleideten Touristen. Ein paar Meter weiter, ungefähr 15 Meter weit von den Espelkamps entfernt, legte eine gewisse Frau Kommissar Schneider ihre krummen Beine ein wenig hoch auf dem Liegstuhl. Sie schob sich ein zusammengerolltes Handtuch unter die Waden. Ah, so gehts besser. Auf der Nase hatte sie ein Feigenblatt mit etwas Sonnenöl festgeklebt. Sie war oben ohne. Das sah man hier häufig, obwohl es ja nicht so gern gesehen war. Aber keiner scherte sich um diese blödsinnigen Aufforderungen zur Keuschheit. Frau Kommissar war nicht allein. Neben ihr stand ein Eimer, mit Eis gefüllt, und daraus ragte eine dicke Flasche Dom Pérignon mit einer Serviette um den Hals. Der Hotelpage brachte nachher noch ein paar Kartoffelchips. Es war schön, plötzlich reich zu sein. Frau Kommissar hatte alles, aber auch wirklich alles, was sie vorher ihr ganzes Leben lang irgendwie gestört hatte, ad acta gelegt. Vergessen. Was war denn? Egal. Reich. Sie war reich. Und warum dem blöden Heini, der sie das ganze Leben lang gepiesakt hatte, auch noch zur Belohnung nur einen einzigen Cent abgeben? Hähä! Sie hatte die beste Laune. Aber die würde ihr bald vergehen. Und zwar genau jetzt: Eine Möwe schiss ihr aufs Dekolleté!

Kommissar Schneider hatte das Gefühl, als fehlte was in seinem Zuhause. Er wusste aber noch nicht genau, was. Das Auto stand in der Garage, die Fische im Aquarium waren vollzählig, der Wäscheständer im Garten war behängt, ja, was war es denn, was ihn irgendwie unruhig machen wollte? Er legte sich aufs Bett. Starrte stundenlang an die Decke. Was fehlte hier? Es kam ihm keine Idee. Nachher ging er in den Keller und setzte seine Modelleisenbahn in Gang. Die Lokomotiven hatten sogar Dampf, den sie mithilfe einer Flüssigkeit ausstoßen konnten. Am liebsten war es ihm, wenn er nach Feierabend hier im Keller ganz alleine seinem, zugegebenermaßen, etwas teuren Hobby nachgehen konnte. Einfach alles vergessen. Alles hinter sich lassen. Die kriminellen Machenschaften der Bürger, das ganze Getue der im Polizeidienst Tätigen, außer vielleicht dem Gerichtsmediziner Professor Haberschlejm, der war ja eine nicht wegzudenkende Koryphäe auf seinem Gebiet. Kommissar Schneider war auch manchmal mit ihm kegeln gewesen. Eine Kegeltour an der Aar war zum unvergesslichen Erlebnis geworden, bei dem der Professor sich selbst einen Zahn ziehen musste, weil Wochenende war und sie weitab von jeglicher Zivilisation auf einem Schlauchboot den Fluss runtergepaddelt waren. Bis nach Rückershausen war es zu weit, also betäubte er sich mit Whiskey und nahm die Wasserpumpenzange. Mit einem lang gezogenen Schrei riss er sich den Zahn mitsamt der Wurzel raus, Kommissar Schneider hatte sich die Ohren zugehalten. Ein gelungenes Wochenende. Jetzt wusste der Kommissar, was in der Wohnung fehlte! Rektor! Der Dackel! Kommissar Schneider sprang auf und rannte die Treppe hoch ins Schlafzimmer. Er riss die Tür auf, und der Dackel sprang ihm fast ins Gesicht. Natürlich, er hatte bemerkt, dass der Dackel ihn nicht begrüßt hatte, aber er war, als er nach Hause gekommen war, nicht richtig mit seinen Gedanken bei der Sache gewesen. Die totgeschlagene »Semipuppe«, wie sein Dezernat das Opfer nannte, ging ihm nicht aus dem Kopf. Was um alles in der Welt sollte das darstellen? Sollte man denken, dass das ein richtiger Mensch war, oder hatte sich jemand einen Scherz erlaubt, wollte die Polizei foppen? Der Kommissar kam zu keinem Ergebnis. Auf jeden Fall wies diese Puppe menschliche Überreste auf. Also ein Fall für das Morddezernat. Das Ganze war wie eine Sackgasse. Nichts war bisher zu einem Motiv herausgefunden worden. Aber genau das war ja so wichtig, um die Angelegenheit überhaupt erst mal in Gang zu bringen. Der Kommissar stand vor einer Wand von Fragen. Jetzt musste er bald einen Baustein finden, womit er den Fall fortführen konnte. Vielleicht würde ihm ja ein neues Ereignis weiterhelfen. Aber was sollte das sein? Schon bald würde der Kommissar dieses Ereignis erleben dürfen.

»Hat jemand die Flasche Zitronengenever gesehen?«

Am Filmset war Unruhe. Der Regisseur suchte, und das nicht zum ersten Mal, die Flasche mit dem gelben Etikett. Draußen vor der kleinen Baracke standen ein paar Komparsen zusammen. Sie sahen, wenn man genauer hinguckte, ziemlich fertig aus. Aber die letzte Aufnahme war auch anstrengend gewesen, ein Hürdenlauf über an Pflöcken angebundene Ziegen, dazu noch war der Boden morastig. In wallenden Gewändern, von der Kostümbildnerin Frau Pfaffenhauf kunstvoll angefertigt, hatten sie performt. Dass hier ein Historienfilm gedreht wurde, das war unverkennbar. Eine U.S.-amerikanische Produktionsfirma hatte extra zwei Jahre vor Drehbeginn ihren Wohnsitz hierhin verlegt, um so an die Förderungen zu kommen. Der Starregisseur Bobby Sample war jetzt mit einer Deutschen verheiratet, damit er als erster deutscher Regisseur einen Oskar bekommen würde, alles war schon eingestielt. Seinem um mehrere Jahre jüngeren Lebensgefährten Jim Hall war das ein Dorn im Auge. Der war eine ehrliche Haut. Doch Business geht vor. Bobby Sample hieß jetzt Bobby Sample-Schmitz. Er nannte sich aber, damit überhaupt nicht mehr auffiel, dass er Amerikaner war, Robert. Robert Schmitz.

»Hier ist die Flasche!«

Hektisch kam der Setdresser aus dem hinteren Teil der Garderoben heraus.

»Leer!«

Bobby war stocksauer.

»Welches Arschloch hat aus meiner Flasche getrunken?!«

Er schwenkte die leere Flasche. Zwei Komparsen guckten dumm zu ihm herüber. Verärgert warf der Regisseur die Flasche in die Ecke.

VIII.

Nebenan saß der Kommissar mal wieder auf der gelben Couch am Tatort. Als er das erste Mal in der Baracke gewesen war, hatte er so ein Gefühl. Wie immer, wenn etwas faul war. Deshalb war er jetzt zum dritten Mal hier. Was war das bloß, weswegen er seit den ersten Ermittlungen so unruhig schlief? Heute Nacht hatte er sich schon wieder mehrere Stunden in seinem Bett hin und her gewälzt. Er war nicht in den Schlaf gekommen. Mit dunklen Rändern um die Augen war er fast schlafwandlerisch in die Garage gegangen, hatte das Coupé herausgeholt und gestartet. Dann war er, noch in der Dunkelheit der Nacht, zur Baracke gefahren. Er schaute sich um. Da stand der Plattenspieler, da die Pflanze, und da war der Übergang zum Wintergarten. Er legte noch einmal die Schallplatte von der Gruppe EKSEPTION auf, »Beggar Julia's Time Trip«. Beim Anhören versank der Kommissar in eine einzige augenlose Zeit. Mit eingesackten Schultern, eine brennende Zigarette im Aschenbecher, und geschlossenen Lidern durchlebte er noch einmal die ersten Ermittlungsminuten. Der erste Eindruck ist immer der entscheidende. Vor einer Woche war er nichts ahnend hier reingekommen und hatte die Semipuppe vorgefunden. Dabei … und jetzt hatte es der Kommissar! Ja! Er erinnerte sich an den Zitronenduft! Die Puppe umgab ein Hauch von Zitrone! Der Kommissar sprang auf, nicht ohne sich dabei einen Wirbel auszurenken. Schmerz. Von nebenan kamen seltsame Geräusche, morastig, und dumpfe Schläge, dazu leise Musik, Weltraum-Musik. Und immer wieder so ein »Schlll-u-pp«. Der Kommissar dachte sich nichts dabei. »Da wird ein Film gedreht!«, hatte ja der Würstchenverkäufer gesagt. Also wendete sich der Kommissar wieder seinem Fall zu. Jetzt suchte er in der ganzen Wohnung etwas, was nach Zitrone roch. Auf dem Küchenboden entdeckte er einen klitzekleinen Fleck, der ihm beim letzten Mal nicht aufgefallen war. Er ging auf die Knie, dann mit beiden Händen auf den Boden, Schmerz, und schnupperte mit der Nase an dem Fleck. Zitrone! Er rappelte sich mühsam wieder auf und musste sich erst mal wieder auf die Couch setzen. Schmerz, lass nach. Irgendwo musste eine Flasche oder auch eine kaputte Flasche oder eine einzige Scherbe zum Beispiel rumliegen, vielleicht im Mülleimer. Er ging noch mal in die Küche und stülpte den Mülleimer um. In den Essensresten, dem zerknüllten Papier und sonstigem Dreck fand er ganz zum Schluss seiner Suche endlich eine Glasscherbe, sogar mit einem Stück bedrucktem Papier beklebt. Er bemühte sich, die Schrift zu erkennen. Er las mit zugekniffenen Augen: »Z–nen–

e–er aus Ho–a–d« – Reste einer Marke oder so etwas. Er nahm die Scherbe mit ins Präsidium. Dort war noch keiner im Haus, außer die Security. »Morgen, Dirk!«, rief der Kommissar Dirk Rutenberg, der wie immer sein buntes Strunztuch in der oberen Jackentasche zum allgemeinen Bestaunen herausgucken ließ, beim Reingehen zu. »Morgen, Herr Kommissar!«

Anscheinend war der Uhrenverkäufer, der neulich am Strand gefunden worden war, doch nicht eines natürlichen Todes gestorben. Ein eifriger Polizist der in Imperia beheimateten Carabinieri hatte darauf bestanden, eine Autopsie vorzunehmen. Jetzt kam heraus, dass der Mann nicht an einem Herzinfarkt gestorben sein konnte, sondern eindeutig an einem sogenannten »Chokehold«, wie er bei Kampfsportlern zum Einsatz kommt: direktes Abklemmen der Halsschlagader mittels Daumen und Mittelfinger, der sogenannte »Krallengriff«. Und zwar über einen längeren Zeitraum, also konnte es keine Sportverletzung sein. Diese Methode wurde zuerst bei skandinavischen Sondereinheiten der Polizei oder beim schwedischen Geheimdienst, der Säkerhetspolisen, kurz »Söpo«, eingesetzt. Der Mann war auf einem Handtuch liegend tot aufgefunden worden, am Strand nahe bei San Remo, in Albenga. Eigentlich darf man da nur als Hotelbewohner an den Strand, aber Mohamed Nuri war dort immer gern gesehen, denn er hatte neben seinem leichten Uhrenverkaufsmantel auch eine kleine Trommel dabei, auf der er für die Touristen auf Wunsch ein kleines Liedchen trommelte. Er kannte alle möglichen Hits aus aller Herren Länder, von »Strangers in the Night« bis »By the Rivers of Babylon«. Auch Gassenhauer wie »Wir versaufen unsrer Oma ihr klein Häuschen« oder »Bier her, Bier her, oder ich fall um!«. Dafür wurde er von den Touristen, die ihn kannten, geliebt. Mohamed Nuri war also ermordet worden! Das änderte einiges in dem kleinen Örtchen. Ab da war der Strand vollgestopft mit Carabinieri, sie suchten das Handtuch, worauf Nuri gefunden worden war. Alle Touristen mussten sich ausweisen, alle wurden befragt. Mehrere Dolmetscher waren damit beschäftigt, den Leuten die Fragen zu übersetzen, die die Carabinieri ihnen stellten. Bei den Hunderten von Leuten am Strand war das kaum zu bewältigen. Und so war es auch nicht verwunderlich, dass die Espelkamps mal wieder unerkannt entkommen konnten. Mutter und Sohn schwammen einfach noch eine Bucht weiter und kletterten über den Maschendrahtzaun in den Campingplatz hinein, setzten sich teilnahmslos vor eines der Zelte, wo offensichtlich der Besitzer zurzeit shoppen war oder einen Bacardi trinken, und hielten eine Bratpfanne mit Kartoffelstückchen über den kleinen Gaskocher. Der Carabinieri, der sie befragte, ging schnell seiner Wege, denn die beiden hatten nichts gesehen oder gehört. Sie konnten glaubhaft machen, dass sie die ganze Zeit auf dem Campingplatz gewesen waren. Wenn Johnny oder sie selbst mal ins Zelt geguckt hätten, wäre ihnen aufgefallen, dass da noch jemand hockte.

»Herr Schneider, Herr Schneider! Bitte zum Doktor!« Die Stimme aus dem kleinen grauen Lautsprecher klang blechern. Kommissar Schneider trat ein. An der Tür stand groß und deutlich: »Professor J. Sauerhenry – Psychiater« und darunter: »Nur Privatpatienten!«

Der Professor saß hinter einem Furcht einflößenden riesigen Schreibtisch und schaute unter seiner Halbbrille den Kommissar an, als der den Raum betrat. Die Jalousien waren bis auf einen kleinen Spalt geschlossen. Dadurch konnte man beim besten Willen das Gesicht des Professors nicht erkennen, es war auf der linken Seite völlig schwarz. Doch ab und zu bewegte er sich etwas nach rechts, und dann konnte man sehen, dass er ein knallrotes Brandmal hatte. Der Raum war raffiniert nur einseitig beleuchtet, mit klitzekleinen Funzeln. Der Professor drehte sich auf seinem »Egg Chair« einmal um sich selbst und hielt dabei eine Zeitung vor sein Gesicht, so, als würde er lesen. Er hatte den von Arne Jakobsen 1958 entworfenen Bürostuhl seinerzeit in Kopenhagen im Hotel SAS Royal abgeholt, auf ebay ersteigert. Dieser Stuhl verband die Popkultur mit der Tradition. Wenn man in solch einem Stuhl saß, fühlte man sich wie in einem »Nest«. Der Professor hatte eine Schallplatte aufgelegt, »Ummagumma« von Pink Floyd. Der Kommissar war etwas aufgeregt. Der Professor bemerkte es sofort. »Lassen Sie alles fallen, setzen Sie sich und verlassen Sie Ihren Alltag, sind Sie ganz bei sich. Hier, die Liege. Legen Sie sich hin.« Der Kommissar legte sich hin. »Wo drückt der Schuh?«, fragte der Psychiater. Der Kommissar wusste gar nicht, wo er anfangen sollte.

Also, jetzt aber: »Ich bekomme immer den Rücken gewaschen, wenn ich ›Rücken waschen!‹ rufe. Aber seit mehreren Tagen geht das nicht mehr. Ich rufe und rufe, aber nichts passiert. Was kann das sein, Herr Professor?«

Der Professor grübelte gekonnt und nahm ein kleines Notizheft zur Hand.

»Hier steht drin, dass Sie Kriminalkommissar sind, vielleicht verfolgen Sie Ihre beruflichen Dinge auch bis ins Privatleben, und Sie können sich nicht davon befreien. Beginnen Sie mit Yoga, das wird Ihnen beim Vergessen des schweren Tagesablaufs helfen.«

Dann drehte er sich zur Sprechanlage. »Der Nächste bitte!«, schrie er ins Mikrofon. Also musste Kommissar Schneider wieder gehen. Er zermarterte sich auf dem Nachhauseweg das Gehirn. Yoga. Nein, das würde er nicht hinbekommen. Er hatte mal im Fernsehen gesehen, was da für Verrenkungen gemacht werden, nein, ohne ihn. Er fuhr geradewegs ins Polizeipräsidium.

Der Gerichtsmediziner Professor Haberschlejm gestattete dem Kommissar einen kurzen Blick auf die tote Frau. Sie war mitten im Wald zwischen Gerümpel und Brennnesseln unten am Abhang einer wilden Müllkippe von einem herumstreunenden Hund erschnüffelt und dann von ihm nach oben auf den Waldweg gezerrt worden.

Dort war sie von einem ehrlichen Wanderarbeiter entdeckt worden. Es war nicht mehr viel übrig von ihr, anscheinend waren Wildschweine am Werk gewesen. Haberschlejm nahm einen Bleistift und hob die Stirn der Leiche an, die nicht mehr mit dem Gesicht verbunden war. Der Kommissar sah silbrige Drähte, kleine Kondensatoren und Widerstände, die wie wahllos in die vielen Windungen des Gehirns »einfach reingesteckt« wirkten.

»Ist der Franke in Urlaub?«, murmelte der Kommissar den Gerichtsmediziner an.

»Ja, sonst hätte ich schon Bescheid gesagt. Es gibt auch keine Vertretung.«

»Jaja, ich weiß. … Scheiße.«

Wie Bernsteine, dachte Johnny, als er die Augen des riesigen Tieres genau vor seinem Gesicht sah. Wäre er doch nur nicht in das Zelt hineingegangen. Der Grizzly bleckte seine langen, gelben Zähne. Nur ein einziges Mal. Johnny standen die Haare zu Berge. Bewegungslos, wie erstarrt. Er zitterte vor Angst. Hinter ihm kroch jetzt seine Mutter ins Zelt. Ahnungslos. Johnny konnte sie nicht warnen. Er hatte seine Sprache verloren. Und hier sträubt sich zum zweiten Mal die Feder: Mit einem einzigen Tatzenhieb schlug der Bär Johnny krankenhausreif. Die alte Espelkamp wollte losschreien, aber dann hätte man sie bemerkt. Also blieb sie stumm und verzog sich wieder nach hinten, aus dem Zelt raus. Der Grizzly umarmte Johnny

Bär im Zelt

einmal freundschaftlich, dabei brach er ihm alle Rippen. Dann biss er ihm einen Arm ab und steckte ihn sich in den Mund. Sein Appetit war aufgeflammt. Er aß Johnny fast ganz auf und er schmatzte laut. Es schmeckte ihm.

Frau Kommissar war auf dem Weg in den Süden von Italien. Sie wollte mal endlich nach Neapel, einfach so, da war sie noch nie gewesen, und sie hatte schließlich im Lotto gewonnen. Das gesamte Geld hatte sie in einem blau-grün karierten Rollkoffer dabei. So würde es keinem auffallen, wer käme schon auf die Idee, dass jemand so blöd ist, so viel Geld in einem Rollkoffer aufzubewahren. Um dem auch Nachdruck zu verleihen, stellte sie den Koffer auch unauffällig einfach zwei Meter weit weg von sich, als sie am Bahnhof von Rom umsteigen musste, sich in die Bahnhofsrestauration setzte und einen Cappuccino trank. Innerlich lachte sie, das Spielchen mit dem Koffer gefiel ihr. Niemand würde dahinterkommen! Haha! Rom wollte sie sich später anschauen, zurzeit war es ihr dort zu kalt, auch deshalb wollte sie nach Neapel, weil sie dachte, dort im Süden wäre es auf jeden Fall wärmer. Sie übertrieb aber die Sache mit dem Koffer etwas, als sie ohne ihn mal eben schnell zur Toilette ging. Als sie zurückkam.....(hier braucht der Autor die Geschichte nicht weiter auszuführen).

»Rücken waschen!«, schrie der Kommissar. Den Badeschwamm in der Hand. »Rücken waschen!« (noch mal!) Frau Kommissar kam mit hochrotem Kopf hereingestürmt, den Lappen vom Fensterputzen vor sich herwedelnd. Sie war wieder da. Die Sehnsucht nach ihrem Mann war dann doch größer gewesen, da ja das Geld weg war und sie an ihren Rentenversorgungsausgleich dachte, falls der Kommissar vor ihr sterben würde.

»Ich kann doch nicht fliegen! Ich putze gerade Fenster!«

»Warst du denn schon einkaufen, Hase?«

»Ja, natürlich, und nach dem Rückenwaschen hol ich dir den Kasten Bier aus dem Keller.«

Sie begann mit der Prozedur.

»Denk bitte auch an den Fußboden, Hase. Ich mag es nicht, wenn Fusel hochfliegen beim Durchqueren der Küche. Hast du den Hund gefüttert, Hase?«

»Ja.«

Da kam Rektor schon angetippelt.

»Ja, wo ist denn mein kleiner Rüde? Ja, wie heißt du denn, ja hör mal!«

Der Kommissar langte nach ihm und wollte ihn in seine Badewanne zerren, der Dackel flutschte ihm immer wieder aus den schaumverschmierten Händen. Der Badeschwamm spritzte über den Wannenrand. Die Frau Kommissar konnte wegen der unkontrollierten Bewegungen der Arme ihres Mannes die Balance nicht mehr halten, trat auf den Schaum, rutschte mit dem linken Bein Richtung Wandschrank und verrenkte sich die

Der Kommissar in der Badewanne

Hüfte. Schmerzverzerrt hielt sie den Schwamm noch hoch, bevor sie auf dem Klovorleger zusammenbrach. Sie wimmerte.

»Indianer kennt kein Schmerz, Hase!«, war die lakonische Reaktion des 1-A-Kriminalisten. Seine Frau brachte keinen Laut mehr aus sich heraus. Dem Kommissar wurde es mulmig. Er schaute über den Badewannenrand herunter auf die gekrümmt Liegende. Jetzt musste er dann wohl doch aus der Wanne raus. Missmutig stand er auf, nahm sich das Handtuch vom Wandhalter und schlug es sich um die Hüften. Vorsichtig, damit ihm nicht dasselbe widerfuhr, stieg er aus der Wanne. Er beugte sich über seine Frau, hielt den Rasierspiegel, den er sich vorher vom Allibert-Schränkchen gegriffen hatte, vor ihren Mund. Da war doch Atem! Er nahm ihre Schulter und drehte sie etwas, sodass er das Gesicht besser sehen konnte. Die Augen waren geöffnet. Sie wirkten künstlich. Als er sie aufnehmen wollte und ihr dazu unter die Arme griff, ging es irgendwie zu leicht. »Das kann doch nicht sein?«, kam aus seinem erschrockenen Mund. Und dann: »Ach nein – meine Frau kann ja wohl kein Hyb sein. Ich sehe schon Gespenster. Deformation professionel! Ich kenne Jacqueline ja schon seit der vierten Klasse.« Dann, aus heiterem Himmel, lachte die Frau Kommissar so herzlich, dass der Kommissar davon mit angesteckt wurde. Er schmiss sie lauthals lachend aufs Bügelbrett, das wie bestellt direkt neben der Badezimmertür auseinandergeklappt auf Wäsche wartete, und wollte gerade anfangen, ihren Rock hochzuziehen, um sie dann nach allen Regeln der Kunst durchzuvögeln, was er schon so lange nicht mehr gemacht hatte, da schrillte das Telefon im Flur!

»Ist da jemand?!«

Mehr fiel ihm auf die Schnelle nicht ein, als er zum Telefon eilte. Er atmete tief durch. Franke. Er war aus dem Urlaub zurück. Kurzurlaub. Wollte sich nur melden. Dass er wieder da war. Danach hatte der Kommissar keine Lust mehr, sich mit seiner Frau ins Bett zu legen oder sonst was. Er war völlig desillusioniert. Auch seine Frau war verwirrt. So jäh der Abbruch. Sie ordnete ihre Haare und ging in den Keller, um die eingelagerten Kartoffeln mit Keim-Ex zu besprühen.

Franke nahm ein Skalpell und schnitt den Brustkorb der Schaufensterpuppe auf. Drähte, kleine Widerstände und Miniatur-Kondensatoren, teils aus Ton, kamen zum Vorschein. Und jede Menge Gehacktes. Kein Zweifel, die Puppe war ein Hyb!

»Ein Hyb?« Der Kommissar stellte sich dümmer, als er war.

»Ja, man nennt solche Monster ›Hyb‹, von Hybrid. Es gibt männliche und weibliche, Homms und Famms. Diese ist nicht die erste ihrer Art. Die Puppen beschäftigen uns schon länger. Es muss mehrere geben.«

»Interessant!«

Mehr sagte der Kommissar nicht, der bis dahin dem

Chef des technischen Dienstes der Polizei zugeschaut hatte. Er drehte auf dem Absatz um und verließ den modrigen Keller des Hauses. Franke war noch lange damit beschäftigt, einzelne Drähte und Ösen und Schräubchen aus der »Famm« zu entnehmen, vorsichtig, damit nichts kaputtging. Das Fleisch und das Gehackte tat er beiseite, die menschlichen Teile ordnete er auf der anderen Seite. Er musste das alles auseinanderhalten, es war nicht einfach. Er würde die elektronischen Einzelteilchen in der Reservatenkammer behalten müssen. Der Rest ging zurück zur Gerichtsmedizin. Der alte Haberschlejm soll mit dem ganzen Kladderadatsch glücklich werden, befand Franke. Dann nahm er einen zaghaften Schluck aus der Flasche mit dem holländischen Zitronengenever, die unter dem Seziertisch stand. Schmeckt ja ganz gut, dachte er.

Jérôme hatte Geburtstag. Dafür hatte er sich ein ganz besonderes Geschenk ausgedacht, für sich selbst. Ab jetzt würde er sich ganz einfach wieder »Klaus« nennen. Jérôme war ja nur der Name, den ihm damals seine Lehrerin gegeben hatte, weil es noch einen anderen Klaus in der Klasse gab, damit sie nicht durcheinanderkäme. Was für ein Blödsinn!

»Und ich wurde diesen Namen nicht mehr los! Ich blöder Heini! Aber jetzt! Jetzt lebe ich! Hurraaaa! Ich bin KLAUS!«

Und er würde seinen 65. Geburtstag zu Hause feiern, mit fünf Hybs, drei Famms und zwei Homms, die er sich aus seiner Garage holte. Das Garagentor konnte bei dem Geräusch des Öffnens einen Dachs aus dem Winterschlaf wecken, so extrem knirschten die kleinen Röllchen auf den Schienen unter der Decke. Er trat ein und knipste das Licht an dem alten Kippschalter an. Jede einzelne Schaufensterpuppe war an eine Versorgungsleitung angeschlossen, die von der Steckdose ausging. Klaus zog die Stecker, nahm nacheinander die Puppen aus der Garage heraus und setzte sie in seinen blauen Lieferwagen. Die Hybs begannen schnell mit einer fröhlichen Unterhaltung. Klaus hatte sich die Richtigen ausgesucht. Offen, humorvoll, intelligent und auch noch ganz gut aussehend. Im Auto waren sie sofort an die auch dort vorhandene Versorgungsleitung angeschlossen worden, damit Klaus besonders lange mit ihnen in seiner Wohnung Spaß haben konnte, denn ohne diese Versorgungsleitungen machten die Hybs nicht sonderlich lange. Das heißt, sie fingen ungefähr nach 6, 7 Stunden an zu zittern, sie brauchten dann die Versorgung mit einem Gemisch aus Strom, Stickstoffmonoxid und Zitronengenever, das einzige Getränk, das sie kannten. Er hatte sie darauf konditioniert. Wahrscheinlich lag es an seiner Vergangenheit, er war über zwanzig Jahre lang Einkäufer für eine Getränkefirma in Holland gewesen, da, wo der Zitronengenever herkommt. Er selber trank ihn auch gerne. Köstlich! Die Schaufensterpuppen lallten schon. Vor allem der mit dem gelben Pullover. In seiner Wohnung

Hybs in der Garage

angekommen, legte Klaus eine Schallplatte von Donna O. auf. Die mochte er. »Gib mir deiiiiiiine Haaaaahaaaand!« Ihre Stimme erscholl laut in den Boxen. Er fand sie einfach geil! So verbrachten die Hybs mit ihrem »Schöpfer« einen lustigen Abend mit Mühle spielen, Blindekuh und Käsefondue. Bei dem Versuch, für Klaus das Geburtstagslied zu singen, das er ihnen aufgeschrieben hatte, versagten die sonst so spontan und lustig, ja auch intelligent wirkenden Hybs jedoch kläglich. Es war kein einziger musikalischer Hyb dabei. Daran hatte Klaus überhaupt nicht gedacht! Nur Sex, das ging. Aber Klaus war nicht in Stimmung. Klaus schlief ein, die Hybs spielten noch eine Zeit lang Mensch ärgere Dich nicht, dann setzten sie sich von selber zurück ins Auto, schlossen sich an die Versorgungsleitung an und warteten brav, dass Klaus wach würde und sie wieder zur Garage brächte.

Auf dem Markt war viel los. Im Schatten des mächtigen Glockenturms der großen katholischen Kirche aus rotem Backstein hatte sich der samstägliche Markt ausgebreitet mit seinen vielen bunten Ständen mit Obst, afrikanischen Kleidern, Kaffeebüdchen, türkischem Gebäck, Gemüse aus dem Umland und noch viel mehr: abenteuerliche Gestalten, die sich mit prallen Tüten von Stand zu Stand schleppten, die den Großeinkauf für die ganze Woche hinter sich hatten und an der kleinen Kaffeebude einen Mokka tranken. Frauen in riesigen, dicken Wollmänteln und großen Schals um den Hals, Männer in hautengen Lederhosen, mit Fransenjacken, dicke, dünne, mittlere Personen, verschiedene Sprachen und Dialekte sprechend, oder Bettler, die einem, während man sich mit jemandem unterhielt, der Schaffelle verkaufte, einen abgegriffenen Pappbecher unter die Nase hielten. »Bitte, hab Frau und Kind!« Das bunte Treiben wurde musikalisch untermalt von den Klängen eines Elektroklaviers, das sich jemand fantasievoll in eine alte Holzkiste eingearbeitet hatte, damit es »echt« aussah, elegische Klänge, mit Handschuhen gespielt, denn es war schon kalt. Mitte November. Doch die Sonne schien noch etwas, und man meinte wohl, sich nicht allzu dick anziehen zu müssen, für viele eine Fehleinschätzung, die sie mit ein paar Tagen mit Fieber im Bett bezahlen würden. Der Kommissar war hier beruflich unterwegs. Er suchte den Stand mit den Likören. Genauer gesagt, er suchte Zitronengenever, denn er hatte zu Hause in seinem Wohnzimmer im Spiegelschrank solch eine Flasche gefunden. Und ihm war nicht entgangen, dass seine Frau anscheinend aus dieser Flasche etliche Male getrunken hatte. Ihm war überhaupt nicht bewusst, dass er selbst irgendwann mal davon getrunken hätte, geschweige denn, dass die Flasche überhaupt in dem Schrank existierte. Franke hatte ihn darauf gebracht, er hatte ihn spätabends noch angerufen und ihm eröffnet, dass er in dem aus mehreren Stücken dieses Organs zusammengenähten »Magen« der Halbpuppe, der Famm, Reste von Zitronengenever gefunden hatte. Daraufhin hatte der Kommissar so ein »Gefühl«, hatte die ganze Wohnung durchsucht und war auf solch eine Flasche Zitronengenever gestoßen. Sollte Jacqueline auch etwa so eine Halbpuppe sein? Sein Verdacht regte sich erneut. Er war aufgeregt. Er dachte daran, dass seine Frau ihm schon häufig so merkwürdig vorgekommen war … dann war sie anscheinend auch ein paar Tage überhaupt nicht zu Hause gewesen, was ihm zunächst nicht aufgefallen war. Vielleicht war sie doch eine »Famm«? Nicht auszudenken! Kommissar Schneider verstand die Welt nicht mehr. Er sah schon Gespenster.

Der Pianist spielte eine ziemlich müde Version von »The Shadow of your Smile«. Und dann noch mit den falschen Akkorden. Der Kommissar war drauf und dran, dahin zu gehen und ihm in die Tasten zu greifen. Gerade dieses Stück kannte er in- und auswendig, denn er hatte es selbst oft gespielt, als er noch Barpianist im »Savoy«-Hotel gewesen war und so sein Studium finanziert hatte auf der Police-Akademie in Los Angeles, wo er Walter Matthau kennengelernt hatte, den Hollywoodstar. Daher konnte der Kommissar auch noch so gut Englisch. »What the hell did you do with the whole Lemon-Genever, Bro, you Motherfucker, come on and tell it to me, damned, damned, hm, damned …!« Er konnte keine einzige Flasche Zitronengenever im Regal des dreirädrigen mobilen Getränkewagens entdecken, an dem der lange afrikanische P. o. C. gerade die Klappen der Flaschen schließen wollte, um dann damit nach Hause zu fahren, denn es war jetzt knapp eine Minute vor 16 Uhr, und um 16 Uhr war Schluss hier. Um seiner Nachfrage Nachdruck zu verleihen, zückte der Kommissar seine Polizeimarke und hielt sie dem Mann unter die Nase. »Speak English, man!«, fauchte ihn der Kommissar an. Der Mann erklärte ihm, dass Zitronengenever zurzeit vergriffen war. »Oh, aha, yes, than can man nothing make! Thank you.« Der Kommissar verließ den Markt.

Die klirrende Kälte erzeugte auf den kleinen Fenstern der Baracke schon Eisblumen. Nach dem erfolglosen Besuch bei dem afrikanischen P.o.C. auf dem Wochenmarkt war der Kommissar noch einmal zur Baracke gefahren. Sein Nissan stand vor der Tür geparkt. Der linke Hinterreifen wies kaum noch Luft auf. Der Wagen war aber zu alt, sodass dem Kommissar das auf einem Display nicht angezeigt wurde, alles noch analog. Und der Kommissar hatte auch nicht bemerkt, dass der Wagen in Rechtskurven sehr behäbig abbog. Die erhöhte Lenkkraft, die jetzt für Rechtskurven erforderlich war, deutete für den Kommissar auf einen normalen Verschleiß hin. Auch hatte er nicht bemerkt, dass Gummiteilchen in seiner Garage unterhalb des Motors verstreut herumlagen. Ein Marder hatte es sich im Motorraum gemütlich gemacht. In dem Moment, wo der Kommissar jetzt wieder die Schallplatte der Gruppe EKSEPTION,

»Beggar Julia's Time Trip«, auflegte, biss der kleine Räuber genüsslich die Benzinleitung durch. Die Musik beflügelte den Kommissar zu ungeahnten Fantasien. Er durchlebte die ganzen letzten Wochen noch einmal, aber aus einer anderen Position. Er fühlte sich in eine ihm bisher verschlossen gebliebene Sozialisation hinein, in die Gesellschaft von »Menschen«, die schon mal gelebt hatten und jetzt mittels der wissenschaftlichen Erkenntnisse eines Genies zu menschlichen Halbwesen zusammengefügt worden waren, er fühlte sich als Hyb. Er musste sich dabei nicht besonders anstrengen, denn er war sowieso schon immer ein Außenseiter gewesen. Kommissar Schneider lebte in seinem eigenen Kosmos. Er hatte seine Antennen mehr nach Innen gerichtet als nach außen. Deshalb war ihm auch nicht aufgefallen, dachte er plötzlich, dass seine eigene Frau vielleicht nur das Produkt seines Wunschdenkens war, und zwar seit dem ersten Augenblick, wie er nun ernüchternd feststellen musste, nachdem er ihre gesamte Beziehung auf den Prüfstand stellte und herausfand, dass sie schon beim ersten Kennenlernen heimlich eine kleine Flasche Zitronengenever in ihrer Handtasche gehabt hatte, die der Kommissar mit seinem sprichwörtlichen Spürsinn damals zwar sofort entdeckt hatte, aber er hatte diesem Fläschchen keine besondere Bedeutung beigemessen. Er hatte sich anfangs gewundert, dass sie nie schwanger geworden war. Zunächst. Aber dann war Charlene gekommen, ihre gemeinsame Tochter. Und alles hatte sich schlagartig verändert. Dabei hatte er sich so sehnlichst einen Nachfolger für sich selbst gewünscht. Keine Frage, es würde ja mit Bestimmtheit ein Junge werden, dessen war sich der Kommissar sicher gewesen. An ein Mädchen hatte er bei den Worten »Kind kriegen« überhaupt nicht gedacht. Aber wie es das Schicksal so will, hatte sich sein Wunsch nach ein paar Jahren erfolglosen Tuns verflüchtigt. Er verlor jegliches Interesse an Geschlechtsverkehr, sein Beruf war unbedingt in den Vordergrund gerutscht. Er war zu einem der bedeutendsten Kriminalisten unserer Zeit geworden. Da waren irdische Ansprüche wie weggeblasen. Nur eines zählte: dem Täter auf der Spur, Zugriff, Knast.

Klaus lag in seinem Bett, den Kopf hochgestützt auf einem Berberkissen, und guckte Fernsehen. Die Show hieß: »Leck mich am Arsch«. Die Show lief erst nachts, wenn Kinder mehr oder weniger keinen Zugang mehr auf das TV-Gerät ihrer Eltern hatten. Wenn alles in der Familie in Ordnung war. Das heißt, wenn Mutter und Vater für eine gewisse Familienstruktur sorgten. Das war aber in dieser Großstadt nicht der Fall, denn hier gab es fast 75 Prozent alleinerziehende Mütter oder Väter, Trennungen waren an der Tagesordnung, der moderne Mensch wollte sich selbst beweisen, indem er auch ganz allein für seinen eigenen Lebensunterhalt aufkam. Dadurch fehlten in den »Familien« mit Kindern oft die strukturellen Erforderlichkeiten. Die Fernsehshow war

LECK MICH AM ARSCH!

nicht für Jugendliche oder gar Kinder geeignet, wie es im Vorspann hieß. Das wiederum machte Klaus zu einem eifrigen Kunden dieses Senders. Mit der Fernbedienung in der verkrampften Hand sah er sich die Sendung an. Ein sogenannter »Promi«, den die meisten Fernsehzuschauer aber noch nie irgendwo gesehen hatten, vielleicht ein C-Promi, musste sich hinhocken und die Hose bis zu den Knien runtergezogen haben. Auf einem niedrigen Tischchen. Ein »Kandidat« musste mit verbundenen Augen an seinem Hintern lecken und erraten, um welchen »Promi« es sich handelt. »Leicht schmalziger, etwas säuerlicher Geschmack!« Das Team fand, er hätte recht. Jetzt konnte er weiterraten. »Hmmm, ja, wer kann das denn sein, vielleicht ein Schauspieler?« »Nein.« Eine Tafel mit seinem Vornamen wurde umgeklappt, dann erschien der nächste Name, Günter. Günter kam langsam mit den verbundenen Augen herangekrochen, er orientierte sich an einem Seil, das der Länge nach durch den Raum gezogen war. Er leckte an dem Hintern, einmal, zweimal. Dann hatte er es!

»Es ist Dr. Karsten Lorenz, der Olympiasieger im Dressurreiten!«

»Pööööööt!«, machte eine Geräuschtröte. »Falsch!«, die Klappe mit dem Namen von Günter klappte nach unten. Jetzt war eine Frau an der Reihe. Jutta. Sie kroch mit langen Kriechbewegungen an den Hintern ran und schnupperte erst, dann leckte sie der Person am Arsch.

Klaus fieberte mit, er als Zuschauer wusste ja, um wen es sich da handelte.

»Es ist Markus März!«

»Richtig!«

Der Politrocker mit den aufrührerischen Texten (»Ich tacker mich an dich fest, Laurene!«) stand unbeholfen wieder auf, zog seine Lacklederhose hoch und setzte sein Markenzeichen, eine karierte Wollmütze, auf. Jutta bekam einen Briefumschlag mit einem Geldbetrag. Dann endete die Show mit einem Jingle von Herbie Fields, dem Filmmusikkomponisten aus Hollywood, der diese Melodie weltweit an alle möglichen Fernsehformate verkauft hatte und sich dumm und dusselig verdiente.

»Guten Morgen, einmal die neue ›Ich‹ bitte.«

Die Zeitschrift »Ich« war eine der meistverkauften Zeitungen überhaupt, das Organ für den modernen Menschen. Sie bestand fast ausschließlich aus Werbeanzeigen von Privatleuten. Und Fotos. Menschen, die sich selbst fotografiert hatten, mittels Selbstauslöser, und in diesem Blatt Aufmerksamkeit, und nur darum ging es, erheischen wollten. Irgendein Nutzen war aus diesen vielen Anzeigen nicht zu erkennen, denn sie waren alle anonym. Man kaufte sie und las darin praktisch die Gefühle von Fremden in deren gut ausgeleuchteten Gesichtern ab und konnte seine eigenen Gefühle dadurch in einem Gesamtbild einkreisen. Und dann startete man eventuell eine eigene Anzeige, in der man sich beschrieb und fotografierte. Man konnte sein Selbstbildnis mittels dieser Zeitschrift auch für andere zugänglich machen, und dadurch entstand eine neue Gesellschaft. Eine Gesellschaft, in der alle am Ende die gleichen Ansprüche verkörperten. Gleichheit war modern geworden. Mittlerweile hatten z.B. fast alle Leute Lastenfahrräder, die damit niemals Lasten transportieren mussten, aber es gehörte zum guten Ton, kein Auto mehr zu gebrauchen. Wer so was nicht besaß, brauchte gar nicht erst zu versuchen, seine Kinder an einer weiterführenden Schule anzumelden, das war sowieso erfolglos. Der Kommissar kaufte die Zeitschrift aber nicht, um dazuzugehören, nein, er kaufte die Zeitschrift, um up to date zu bleiben. Er musste wissen, wie die Gesellschaft tickte. Denn er war in dieser Gesellschaft einer der wenigen noch analog arbeitenden Mordermittler, er arbeitete ausschließlich mit dem eigenen Gehirn! Er war der Einzige, der sich nicht von der schnelllebigen Zeit einholen ließ, denn er war immer der Zeit voraus. Er blätterte so rum, hatte sich auf eine Bank gesetzt in der Nähe des Gerichtsgebäudes. Aus dem Gerichtsgebäude kamen in langsamer Fahrt erst ein Lieferwagen, dann zwei Limousinen, dahinter zwei Motorräder nebeneinander heraus. Einer der Motorradfahrer hatte eine grüne Fahne in der Hand. Am rechten Kotflügel des Lieferwagens war eine rote Fahne aufgeklebt. Ein Konvoi. Der Kommissar wurde erst auf den Konvoi aufmerksam, als eine der Limousinen plötzlich die anderen überholte und in hoher Geschwindigkeit gegen einen Bauzaun raste. Es knallte gehörig. Der Lieferwagen stoppte abrupt, die dahinter fahrende Limousine fuhr auf, und die beiden Motorradfahrer schlitterten mit quer liegenden Maschinen hinter die Limousine, dann eine Verpuffung, und eines der Motorräder fing sofort Feuer. Eine riesige Stichflamme schoss in den Himmel, und Türen knallten, einer der Insassen der hinteren Limousine, ein Mann mit Turban, sprang aus dem Wagen und rannte, sich mehrmals umsehend, ob auch keiner ihn verfolgen würde, in Richtung Zoo. Kommissar Schneider, geistesgegenwärtig, erfasste die Situation in einem einzigen Blick und verfolgte den Ausreißer mit langen Sätzen. Dabei verlagerte er die Sprungkraft immer abwechselnd auf das linke und dann das rechte Bein. Das spart Energie. So konnte er den Mann schnell am Schlafittchen packen und noch vor dem Zooeingang niederreißen. Der Inder hatte seinen Turban verloren, der lag auf der Straße. Gerade fuhr ein Lastwagen über das gute Stück. Kommissar Schneider saß dem Inder auf dem Hals und knallte ihm links und rechts ein paar. Da kam der Produktionsassistent von Bobby Sample alias Robert Schmitz auf den Kommissar zugerast und riss ihn von dem »Inder« runter!

»Sie sind doch wohl wahnsinnig, was meinen Sie, was das alles kostet!? Mitten im Dreh! Sie zerstören einen ganzen Drehtag! Verdammt, HIER WIRD EIN FILM GEDREHT!«

Es kamen noch ein paar Leute vom Film dazu, sie zerrten den Kommissar von der Wiese runter und schickten ihn, nachdem er sich ausgewiesen hatte, weg.

Der Kommissar ging verwirrt zu Fuß zurück zu seinem Auto. Das waren immerhin fast drei Kilometer. Sein Mantel war auch eingerissen, von dem Gezerre an ihm. Der Wagen war nicht angesprungen, als er von der Baracke wegfahren wollte. Er hatte einen langen Weg vor sich. Auch hatte er von dem Zitronengenever getrunken, den er in einem Spirituosengeschäft erworben hatte, der letzte im Regal. Er probierte das Zeug zum Selbstzweck. Wollte wissen, wie man sich fühlt. Wie betrunken, war sein Fazit. Deshalb war ihm überhaupt diese Geschichte eben passiert. Mit anderen Worten: Der Kommissar war nicht er selbst.

Die fünf Hybs hatten die Nase voll. Klaus kam und kam nicht wieder. Sie saßen jetzt schon die ganze Nacht in dem Lieferwagen, und es war sehr kalt geworden. Die Temperatur war unter null gesunken. Der Hyb mit dem gelben Pullover nahm einen großen Schluck aus der Flasche mit dem Zitronengenever und kroch durch den Mittelgang auf den Fahrersitz. Er machte eine Bewegung mit der rechten Hand in Richtung Zündschloss, der Wagen sprang an, und die vier anderen Hybs wurden durcheinandergewirbelt, als der Gelbe den Wagen mit einem Riesensatz in den morgendlichen Berufsverkehr lenkte. Der Gelbe hatte im Navi per Voice-Befehl Paris-Marais eingegeben. Über diesen Teil der französischen Hauptstadt hatte er in der neuesten »Ich« gelesen, die Zeitschrift hatte bei Klaus auf dem Klo gelegen. Da wurde gerade dieser Stadtteil als besonders urtümlich beschrieben. Das wollte der Gelbe sich mit seinen Freunden mal anschauen. Mal sehen, ob es da in diesem Paris noch andere Hybs gäbe. Was aber, das sei an dieser Stelle schon mal erwähnt, ausgeschlossen war. Er rief nach hinten in den Wagen, dass sie an der Versorgungsleitung angedockt bleiben sollten, er würde sich nachher während einer Pause auch mal für 20 Minuten anschließen. Die Hybs waren freudig gespannt auf dieses Abenteuer, bisher kannten sie fremde Städte nur aus Zeitungen, die ihnen Klaus mitgebracht hatte. Sie begannen hinten mit einem sonoren und bewegenden Gesang. Es klang etwa wie Walgesang mit Unterlegung von Streichern. Die Famms bildeten die Geigen originalgetreu nach, und die Homms knurrten mit tiefen Stimmen eine seltsam anmutende Melodie. Fast dachte man, es könnte sich um eine verkehrt herum gesungene Arie von Mozart handeln, aber dafür waren wiederum die Umlaute zu hart. Manchmal knackte es, und ein Hyb fuchtelte an seiner Versorgungsleitung herum, dann war das Knacken wieder weg. Der Weg nach Paris führte über Belgien. Die Hybs mussten an der Grenze ihre Ausweise vorzeigen. Der Zollbeamte schaute sich die Ausweise, allesamt perfekte Fälschungen, genau an und winkte sie durch, so konnten die fünf mit ihrem Lieferwagen die Grenze zu Frankreich schnell passieren. Sie lachten und klatschten mit den Händen im Takt auf ihre Schenkel, sodass dem einen ein Stück Fleisch absprang. Der erschreckte sich, dann bückte er sich, nahm das Stück Oberschenkel und tackerte es mit einem Werkzeug, das im Laderaum des Lieferwagens mit ein paar Hämmern, Sägen und Schraubendrehern in Taschen aus Wildleder an der Seitenwand befestigt war, fest. Es regnete. Sie fuhren über die A 2 Richtung A 1. Paris war nicht mehr weit. Dann sah der Gelbe gelbe Scheinwerfer genau auf ihn gerichtet. So geblendet von einem entgegenkommenden Auto, das mit Fernlicht fuhr, musste er jäh abbremsen. Einer der Hybs im Laderaum überschlug sich und riss dabei seine Versorgungsleitung aus der Steckdose. Der plötzlich eintretende Schock versetzte den Hyb sekundenschnell in Trance. Die anderen Hybs kümmerten sich um ihn. Der Gelbe trat wieder aufs Gaspedal, und der elektrisch angetriebene Lieferwagen setzte die Fahrt in unverminderter Geschwindigkeit fort. Jetzt mussten sie eine Ladestation für Strom/Gas-Gemisch finden, die Nadel sank schon bis zum letzten Zehntel. Ein großes Autobahnschild verriet ihnen, dass die nächste Tankstelle in 12 Kilometern kommen sollte. Das würden sie schaffen.

Kommissar Schneider saß in seinem Nissan und trat unentwegt auf das Gaspedal, der Wagen sprang und sprang nicht an. Was war denn mit der Scheißkarre los? Es war noch eines der letzten Autos, die mit Benzin fuhren. Fast alle anderen Autos waren in den letzten Jahren entweder umgebaut oder verschrottet worden. Es gab fast nur noch Elektroautos. Oder Autos, die mit einer Mischung aus gegorener Hafermilch und oben schwimmenden Fäkalien aus den riesigen Kläranlagen der Metropolen bewegt wurden. Einzig und allein in Indien fuhren noch alte Autos rum, das war nahezu das einzige Land, in dem es noch Benzin zu kaufen gab. Kommissar Schneider bestellte sich deshalb manchmal Benzin übers Internet. Das war aber dann schon das Einzige, was der Kommissar mit dem Computer anstellen konnte. Er war noch aus einer Zeit, in der man Telefonate mit Telefonen, die man ans Ohr hielt, tätigte. Heute sprachen viele einfach in die Luft. Groteske Bilder, Menschen riefen einfach aufgeregt mit den Armen fuchtelnd in die Luft oder lächelten vor sich hin und sprachen Zärtlichkeiten aus, alles in der Öffentlichkeit. Diese Welt war für den Kommissar schwer zu verstehen, wenn überhaupt. Er war aus der »alten Zeit«. Jetzt stieg er aus, ging nach vorne um den Nissan herum und stemmte, nach einigen Fehlversuchen, die Motorhaube auf. Was er da sah, machte ihn wütend. Da hatte doch jemand die ganzen Schläuche und Kabel abgerissen! Und was war das denn? Tatsächlich! Scheiße auf dem Zylinderdeckel! Das muss ein Tier gewesen sein, dachte der Kommissar. Er ging an den Kofferraum und holte seinen Werkzeugkasten raus. Dann, mithilfe von Zange, Schraubenzieher und Klebeband, reparierte er den Schaden, zog Schrumpfschläuche über die Elektrik, wechselte einen Gummischlauch aus, schraubte an den

Verbindungen, drehte am Flügelrad der Kühlapparatur, schaute in den Kühler, goss etwas Wasser nach und startete den Wagen, diesmal mit Erfolg. Dann fuhr er ins Präsidium. Als er über den Parkplatz ging, begegnete ihm Dirk Rutenberg, der Security-Mann. Merkwürdig, der roch doch irgendwie nach…. Ja, nach was denn? Hmmmm….dachte der Kommissar. Als Rutenberg schon weit weg war, fiel es dem Kommissar wie Schuppen von den Augen: Rutenberg roch nach Zitronengenever! Er musste sofort mit Franke reden.

»Ach Quatsch, du siehst schon Gespenster, Yves! Es ist doch niemand sofort ein Monster, bloß weil er Zitronengenever mag, also, das sehe ich nicht so. Vielleicht ist die Sache mit diesen umgebauten Schaufensterpuppen auch einfach zu viel für dich, ich denke, du solltest echt zu einem Psychiater gehen. Das ist mir letzte Tage schon mal aufgefallen, du bist irgendwie verändert. Yves, gib es doch zu, du bist krank. Nicht körperlich. Im Kopf! Ich weiß, das ist nicht dein Ding, ich meine, du willst so nicht gesehen werden. Als Mensch, als mitfühlender Mensch. Aber ich kenn dich jetzt schon so lange, Yves. Hör auf mich! Schlag dir zumindest diese Gespenster aus dem Kopf. Rutenberg trinkt eben schon immer Zitronengenever. Alle Stepptänzer trinken Zitronengenever. Wusstest du das denn überhaupt nicht, dass Rutenberg Stepptänzer war, bevor er hier auf dem Polizeihof Karriere gemacht hat? Zitronengenever aus Holland. Das ist doch nichts Verbotenes. Weiß der Himmel, wer sich diesen verdammten Scheiß ausgedacht hat! Was für ein ausgemachter Unsinn. Hier, halt mal.«

Er gab ihm die Leine von seinem Riesenschnauzer, den er auch des Öfteren als Rettungshund einsetzte. Der Hund leckte dem Kommissar an der Hose. Der Kommissar hielt die Leine, während Franke zwei Kaffee an der Maschine im Flur des Präsidiums zog. Dann setzten sie sich auf die lange Bank im Eingangsbereich und drückten die dünnen Plastikbecher bei jedem Schluck bedrohlich zusammen. Dass der Kaffee nicht überschwappte, grenzte schon an ein Wunder. »Und deine Frau ist auch ganz normal.« Jetzt guckte der Kommissar Franke argwöhnisch von der Seite an. Franke bemerkte nichts.

Am Horizont bewegte sich was. Der Bergsteiger Hans Mader setzte sein Fernglas noch einmal an. Jetzt sah er die Silhouette. Sie sah einem Bären ähnlich. In gebückter Haltung. Der Bergsteiger nahm seine Flinte und schaute noch einmal durch das Okular. Tatsächlich. Ein Bär. Und was für ein Exemplar. Aber was sollte er jetzt machen? Schießen? Er traute sich nicht. Er würde mit Sicherheit großen Ärger mit den Naturschützern bekommen. Nein. Er überlegte nicht lange, drehte sich um und ging einen anderen Weg weiter als den, den er eigentlich gehen wollte. Er hatte es sich einfach anders überlegt. Wer sollte ihm dafür böse sein, wenn er Ärger umging. Das macht doch jeder Mensch, dachte er. Niemand würde anders handeln. Und was soll der Quatsch. Ein Bär. Hier. Das ist doch sowieso unglaubwürdig. Das kann ja auch gar nicht stimmen. Er musste sich vertan haben. Ja, genau. Das war es.

Klaus war endlich wach geworden. Die Sonne knallte in sein Gesicht. Die Flasche Champagner, die er zuletzt alleine ausgetrunken hatte – er war noch einmal wach geworden und hatte sich gewundert, dass er jetzt alleine war –, lag neben ihm. Er schubste sie von der Bettkante, rutschte von der Matratze und machte sich daran, in der Küche einen Kaffee zu brauen. Alle weg. Ein Blick aus dem Fenster des 6. Stocks sagte ihm, dass sein Lieferwagen auch weg war. Natürlich, die Hybs hatten ja einen Führerschein. Er selbst hatte dafür gesorgt, dass sie alle die mündliche und danach die praktische Prüfung beim TÜV gemacht und auch bestanden hatten. Allesamt sehr intelligente und fleißige Hybs, die er sich da zusammengebastelt hatte. Bei diesem Gedanken prustete Klaus plötzlich laut los, hahaha! Wie geil ist das denn! Und Geld verdiente er mit den Hybs, damit konnte er ein ganzes Leben lang auskommen. Er könnte sogar Holland kaufen mit dem vielen Geld. Sofort verfiel Klaus in eine traurige Depression. Holland kann man nicht kaufen. Schade. Wie unfair. Er knallte einmal mit der Faust auf die Küchenarbeitsplatte. Dann nahm er das scharfe Kartoffelmesser und hielt es jammernd an seine Pulsschlagader. Um dann wiederum das Messer in hohem Bogen in den Spülstein zu pfeffern und lauthals loszulachen! »Hahaha! Diese blöden Psychos! Hahaha!«

Johnnys Mutter schluchzte. Der Bär hatte sie zwar verschont. Doch Johnny war nicht mehr da. Ihr einziger Grund, warum sie glücklich gewesen war. Sie war jetzt schon drei Tage unterwegs. Als Anhalterin. Und zu Fuß. Durch ganz Norditalien, bis in die Berge. Sie fror. Sie war ins Gebirge geraten, es wurde immer steiler, und es war kalt. Sehr kalt. Ihre Schläppchen waren völlig auseinandergegangen, und beide Beine schmerzten von dem Laufen auf dem Geröll. Es war einfach zu anstrengend. Was hatte diese Frau für ein Pech! Jetzt war sie dem Bären entkommen, und dann das jetzt: Als sie um den Felsvorsprung guckte, in die hohle Gasse hinein, von der es ohne Grenzbaum direkt in die Schweiz ging, saß da der Bär. Er hatte anscheinend eine kleine Pause gemacht, auch er wollte in die Schweiz. Jetzt saß er da und fraß den Rest einer eben noch lustig rumspringenden Gämse. Er rülpste laut. Mutter Espelkamp zitterte wie Espenlaub! Dann brüllte der Bär sie an, mit weit aufgerissenem Maul bleckte er ihr seine gelben Zähne entgegen und schoss einen faulig stickenden Atem in ihr Gesicht. »Bitte bitte, laß mich gehen!«, flehte sie ihn an. Der Bär rülpste noch einmal, noch lauter und länger. Das schaurige Spektakel mache ich nicht mehr mit, dachte die Espelkamp und sprang einfach in die Tiefe. Der Bär guckte ihr gelangweilt hinterher, dafür musste er sich einmal kurz mit dem Oberkörper aufrichten. Die Alte fiel seitwärts den Abhang runter, fiel, laut um Hilfe rufend, 200 Meter tief in die Schlucht. Genau in den kleinen Swimmingpool, den Matteo di Piccolo, Lehrer des staatlichen Gymnasiums für Jungen in Mailand, der mit seiner Familie – zwei Kleinkindern und seiner Frau – in dem wunderschönen Orrido di Bellando Urlaub machte, gerade aufgeblasen hatte, Wasser war auch schon drin. Die alte Espelkamp hatte wieder unglaubliches Glück gehabt.

Der Kommissar saß in seinem Nissan. Nachdem er das Benzin, das heute aus Indien gekommen war, über den Seeweg, eingefüllt hatte, startete er den Wagen. Er war in Bremerhaven. Auf dem Kai Nr. 4. Dort war das Benzin angekommen, mit einem Containerschiff, das unter liberianscher Flagge fuhr. Was der Kommissar nicht wusste, war, dass der Mann, der neben ihm in einem gelben Sprinter hockte, ein Genie war, der hier auch auf etwas wartete, was mit demselben Schiff an ihn geliefert werden sollte. Gleich sollte die Ladung komplett gelöscht

Platsch!

werden. Das Erste, was vom Schiff runtermusste, war natürlich das Benzin, das die hier wartenden Kunden in ihren Autos mitnehmen wollten. Jeder durfte bis zu 180 Liter in mehreren Behältnissen in Empfang nehmen. Es waren aber nicht sehr viele Autos hier, denn es war vollkommen unmodern geworden, mit Benzin zu fahren. Kommissar Schneider kümmerte sich wenig um sogenannte Umweltsachen. Für ihn war das Schnee von gestern. Warum die Umwelt schonen, dachte er, die schont einen doch auch nicht. Haha! Er lachte in sich hinein über die wahnwitzige Feststellung. Natürlich trennte er Müll und stellte die Heizung im Sommer ab. Und Plastikflaschen gab es ja sowieso nicht mehr. Der Kommissar war einer der wenigen, die so was noch in der Hand gehabt hatten. Eine Plastikflasche! Undenkbar. Jetzt gab es Flaschen aus Asbest. Letztens wurde wissenschaftlich erwiesen, dass Asbest entgegen früherer Forschungsaussagen doch gesund ist. So hieß es auf jeden Fall in den einschlägigen Talkshows. Der Kommissar glaubte nicht daran. Er hütete sich, aus solch einer Flasche zu trinken. Nachdem er sein Benzin gebunkert hatte, fuhr er los Richtung Autobahn. Im Autoradio lief eine Pantomime-Show. Der Kommissar drehte das Radio auf Höchstlautstärke, doch er konnte nichts hören, nur ab und zu mal eine Art Rascheln, als würde Stoff auf Stoff gerieben. Na ja, von dem Thema konnte man auch nicht viel erwarten. Als dann plötzlich völlig unerwartet die Nachrichten kamen, flogen dem Kommissar fast beide Ohren weg.

Klaus hatte wieder einige kaputte Schaufensterpuppen geliefert bekommen. Mit ihnen fuhr er sofort zur Garage. Er rangierte den gelben Sprinter, den er sich hatte ausleihen müssen, weil die Hybs ihm einfach den blauen Lieferwagen gestohlen hatten, rückwärts vor die Garage. Komisch, als er da noch so in dem Auto saß, erinnerte er sich an das einzige Tier, was er einmal zusammengesetzt hatte, aus verschiedenen Katzen, zwei Hauskatzen, einer Wildkatze und einer Maus. Von der Maus hatte er das Gehirn präpariert, mit der erforderlichen Elektronik. Das war ein Fiasko geworden. Was hatte die Katze eine Angst gehabt vor sich selber! Das war ein Fehlversuch. Klaus hatte in den Jahren seiner Tätigkeit feststellen müssen, dass die Menschheit noch nicht reif war für diese futuristischen Hilfsroboter, wie er sie auch manchmal nannte. Aber Drohnen! Drohnen waren kein Problem! Klaus schüttelte den Kopf. Wie armselig doch solch eine Drohne war im Gegensatz zu einem sprechenden, schwimmen könnenden, sogar sich vielleicht auch bald selbst vermehrenden Hybriden. Klaus war sich sicher, dass ihm auch das gelingen würde. Ein Famms- oder Hommsbaby. Wie süß.

»Papaaaa!« Charlene sprang ihrem Vater um den Hals. Der Kommissar war wie erstarrt. Er hatte völlig vergessen, dass er ja eine Tochter hatte! Und jetzt war sie gekommen, aus Oxford, wo sie schon im 12. Semester

Sprachen studierte. Bald würde Weihnachten sein, da ist man gerne mal wieder zu Hause, bei den Eltern. Frau Kommissar hatte sie am Bahnhof abgeholt, zu Fuß. Den Wagen brauchte der Kommissar selber. Er musste immer sofort überall hinkönnen, dafür hatte er ja den Wagen. Im Hausflur hing bereits ein Tannenzweig über der Tür, von innen. Das sollte eine vorweihnachtliche Stimmung suggerieren.

»Ich habe euch etwas Schönes mitgebracht, Mama! Guck mal!« Sie hielt ihr ein buntes Päckchen hin. Der Kommissar nahm es an sich, bevor seine Frau es nehmen konnte.

»Das muss ich erst mal überprüfen, Hase!« – Er ging damit in sein Arbeitszimmer, ließ aber die Tür auf. Die beiden konnten jetzt sehen, wie der Kommissar mit einem Gerät, ähnlich einem Bügeleisen, über das Paket fuhr, mal hin und mal her. Es piepte einmal kurz zum Schluss, und dann war der Kommissar sicher, dass das Päckchen keinen Sprengstoff enthielt.

»Papa! Das sind ganz ordinäre Cookies! Mann!« Sie war sichtlich sauer. »Es sollte eine Überraschung sein! Für Weihnachten! Jetzt wisst ihr's schon! Mann!«

Frau Kommissar nahm ihm das Päckchen ab. »Komm mit in die Küche, Charlene.«

Der Kommissar schüttelte den Kopf. »Was sind denn … Kuckis?«

Charlene schmollte. »Plätzchen. Butterplätzchen. Original englische Butterplätzchen, wenn du es genau wissen willst, Papa.«

»Na, dann gib mir mal eins.«

Sie saßen noch lange in der Küche, plauderten. Als die Schachtel mit den Plätzchen leer war, war allen etwas übel.

Der Gelbe hatte getankt, und sie waren wohlbehalten in Paris angekommen. Da sie aber kein Französisch konnten, konnten sie nichts machen. Sie fanden nichts, konnten die Verkehrsschilder nicht deuten, sie fuhren mal hier-, mal dahin, sie wussten nicht, wo sie parken sollten, alles war irgendwie komplizierter, als sie es sich vorher gedacht hatten. Irgendwann hielten sie einfach in einer kleinen Nebenstraße an, möglicherweise im totalen Halteverbot, was sie aber nicht interessierte, stiegen aus und machten sich auf den Weg. Sie schauten sich in der Stadt um, es war dunkel, die Pariser Nacht produzierte monströse Gestalten, die umherwanderten wie Geister. Fantastische Figuren von den Rändern der bürgerlichen Gesellschaft. Die Hybs schlenderten schweigend durch die dunklen Straßen, über das feuchte Kopfsteinpflaster der Altstadt, sie durchquerten den Triumphbogen, ohne zu wissen, dass es der besagte war, ab und zu hörten sie die Sirenen der Polizeimotorräder oder Krankenwagen. Nach einer Zeit hatten sie sich aber eingelebt. Jetzt gefiel ihnen die Stadt. Sie hatten vor, dort zu bleiben. Der Morgen graute, und die ersten Cafés machten schon auf, es gab heiße Schokolade, Croissants und Café au Lait. Sie wollten nicht mehr zurück. Sie wollten Klaus vergessen. Irgendwie hatten sie ihn nie richtig akzeptiert. Er war ein, tja, wie sagt man, ein arroganter Vogel.

Klaus hatte Unterricht. Ihm war es an manchen Tagen im 14. Stock des William D. Rigotti-Building zu langweilig geworden. Er hatte auch vielleicht zu viel an den zerdötschten Schaufensterpuppen herumgedoktert, sodass er langsam die Lust verlor, diese Hybs zu produzieren. Fünf waren ihm, mitsamt seinem Lieferwagen, abhandengekommen. Er wusste wohl, wo sie jetzt waren, denn er hatte einen Strafzettel aus Paris bekommen und sollte über 1300 Euro zahlen, für Abschleppgebühr und Strafe. Daraufhin hatte er noch nicht reagiert. Er hoffte, dass das nach einiger Zeit dann nicht mehr geahndet werden würde, zu weit entfernt waren die jeweiligen Ämter. Klaus war sozusagen müde geworden, das Genie zu sein. Denn niemand wusste von seiner Genialität. Also, er nahm es langsam persönlich. Er wollte selbstverständlich auch nicht, dass publik gemacht würde, dass er diese Wesen erschaffen hatte, denn er hatte sich ja strafbar gemacht. Natürlich war er ein Mörder, wenn auch einer, der wichtig war für die Welt. So sah er sich auf jeden Fall. Doch die Uneinsichtigkeit der hiesigen Behörden wollte er nicht überstrapazieren. Eigentlich Wahnsinn, dass ihm bis dato noch niemand auf die Schliche gekommen war! Er feierte sich selbst. Und dazu war es auch gut, dass er nun tatsächlich STEPPTANZ-Unterricht nahm, bei Jerry Vogel, dem berühmten amerikanischen Stepptänzer, der schon in vielen Hollywoodfilmen mitgemacht hatte! Klaus war auch talentiert, das sagte ihm auf jeden Fall Mr. Vogel, wie der STEPPTANZ-Lehrer genannt werden wollte.

»Und tipp, und tapp, und tipp, und tapp … jaaa, so ist es gut, Klaus, du bist gut! Das wird was!«

Dann ließ Jerry Vogel für Klaus die Sau raus. Er tanzte ihm ein Feuerwerk von Tipps und Tapps vor, dass sich die Balken bogen. Klaus sah mit offenem Mund zu.

»Das schaff ich nie! Das schaff ich nie!«

»Doch, doch, Klaus, du hast Talent! Mach weiter, das wird was!«

Mr. Vogel machte Klaus Mut. Auch, weil eine Stunde über 150 Euro kostete.

Im Polizeipräsidium hatte sich die Kunde verbreitet, Kommissar Schneider hätte im Fall »Halbpuppe« Fortschritte gemacht. Und in der Tat, Kommissar Schneider war ein Quantensprung gelungen, wie sich der Polizeipräsident ausgedrückt hatte. Der Kommissar hatte herausgefunden, woher die Halbpuppe an jenem Abend gekommen war, an dem sich der »Vorfall« – denn ein Mord war es ja nicht wirklich – ereignet hatte. Der Halbe (so pflegte sich der Kommissar auszudrücken) war einfach von nebenan gekommen, es war einer der dort arbeitenden Komparsen gewesen, die in dem Film »Der Bulle von Nazareth« eine kleine Nebenrolle ge-

Tapp
Tippie
Tapp
TopToe

spielt hatte. Deshalb war es auch nicht aufgefallen, als der nicht mehr an den Set zurückgekommen war. Kommissar Schneider war zum Filmproduzenten gegangen und hatte zusammen mit ihm die Liste der Schauspieler und Komparsen durchforstet. Und einer der Komparsen war wohl nicht ordnungsgemäß abgemeldet gewesen. Dann hatte man die Kostüme noch einmal gecheckt, eines fehlte auch im Fundus, und zwar das von dem Humpelnden, den der Bulle von Nazareth wieder gehend machte. Ein schwarzer Umhang mit Kapuze. Erst wurde der »Blinde« (er war natürlich gar nicht blind) dafür verantwortlich gemacht, dass einer einfach weggegangen und nicht mehr wieder aufgetaucht war. »Die stecken alle unter einer Decke!«, sagte noch der Regieassistent. Der hatte nämlich immer seine liebe Not, mit den Komparsen irgendwelche Szenen zu proben. Sie kamen zu spät, sie waren schlecht in der Formation, das heißt, sie konnten überhaupt nicht gemeinsam eine Szene durchspielen, immer musste einer plötzlich aufs Klo oder wollte rauchen gehen. In Wirklichkeit, und das kam langsam ans Tageslicht, waren die ganzen Komparsen von Zitronengenever abhängig. Sie rochen das Zeug über Hunderte von Metern hinweg. So war es auch nicht verwunderlich, dass einer der Typen einfach, als er den Zitronengenever gerochen hatte, der gerade wohl nebenan in der Baracke getrunken worden war, abgehauen war, nach drüben, um dort was von dem Zeug zu stibitzen. Das war sein Verhängnis gewesen. Dort wurde er dann erschlagen. Jetzt mussten alle

Komparsen zu einem Arzt, der untersuchen sollte, ob es sich bei ihnen allen um solche Halbpuppen handelte. Aber die Komparsen waren nicht mehr auffindbar. Alle weg. Es gab auch keine Adresse. Sie hatten nach dem Dreh immer Bargeld bekommen. Jetzt suchte man Spuren aller Art, die Kriminaltechniker hatten den ganzen Filmset okkupiert. Keiner durfte das Set verlassen. Keiner durfte das Set betreten. Es wurde jede, aber auch wirklich jede kleinste Spur aufgenommen und verwertet. Das Gleiche in der Baracke nebenan. Auch dort wurde der gesamte Fußbodenbereich noch einmal intensivst abgesucht, mit verschiedenen Flüssigkeiten eingesprüht, mit Speziallampen durchleuchtet. Am dritten Tag hatten sie etwas: ein klitzekleines Stück Linoleum, grün-rot, an einem winzigen Strohpartikelchen klebend. Und darum waren zwei winzige Härchen gewickelt.

Klaus hatte mitbekommen, dass in der Nähe des William D. Rigotti-Building jemand herumstrolchte. Der Mann hatte rote Pferdelederslipper an, trug eine US-Polizeijacke und darunter ein Hawaiihemd. Klaus sah ihn von seinem Balkon im 14. Stockwerk aus.

Was will der Kerl? Klaus wurde nervös. Was ist, wenn jemand dahinterkäme, was er hier so treibt. Die Hybs, manchmal nannte er sie jetzt »Freunde«, denn er hatte sie allesamt in sein großes Herz geschlossen, sie durften

der Kommissa

von niemandem hier entdeckt werden. Es waren sechs Stück, und noch drei, die demnächst zusammengesetzt werden sollten. Diese hatte er gründlich gewaschen. Sie kamen aus dem Fernen Osten und waren vom Plastik her schon ziemlich porös, aber Klaus störte das nicht. Mit verschiedenen Cremes und Politur konnte er die wieder zum Strahlen bringen, wie er sich auszudrücken pflegte. Er wollte viel mehr zusammenbekommen, doch fehlte ihm ehrlich gesagt die Zeit dafür, denn an einem Hyb arbeitete er bis zu 100 Stunden. Nein, mehr war nicht drin. Er musste sich damit begnügen. Auf jeden Fall brachten sie immer mal ein paar Euro mit nach Hause, sei es als Fensterputzer, ein gefährlicher Job an Hochhäusern, oder zum Beispiel neuerdings, und das war interessant für ihn, auch als Komparsen in einem vor Ort gedrehten Spielfilm. So konnte er auch mal ein bisschen Hollywood-Luft schnuppern, wenn er auch nicht selber mitmachen konnte. Das war zu gefährlich. Dann hätte man sein Gesicht gesehen. »Niemand darf mein Gesicht sehen!« Am liebsten hätte er aber doch mal in so einem Film mitgespielt, er könnte ja anschließend sein Gesicht umoperieren. Er schmunzelte bei dem Gedanken. Wer könnte ihn besser operieren als er selbst! Wer könnte die Feinheiten dieses Gesichtes besser noch mehr herausheben als er selbst! Niemand! »Niemand ist mir ebenbürtig! Niemand kann meine Stelle einnehmen! Niemand! Niemand ist so wie ich!«

Kommissar Schneider schritt mit langsamen Bewegungen die Häuserfront ab. Das William D. Rigotti-Building kam ihm bekannt vor. Na klar! Hier waren früher die Nähmaschinenwerke von Adler gewesen! Schon mal hatte es hier einen großen Polizeieinsatz gegeben. Damals war jemand vom Dach gefallen. Man hatte gedacht, es wäre ein vorgetäuschter Selbstmord gewesen, um an das Geld von der Versicherung zu kommen. Doch nach den Untersuchungen stellte sich heraus, dass es die Ehefrau gewesen war, die ihren nichts ahnenden Mann vom Dach gestoßen hatte. »Ach Heinz, ich liebe dich so, komm, folge mir auf das Dach! Es ist so schön hier oben! Guck mal, da sind Tauben!« Dann war der Mann auf das Dach getreten, und sie hatte ihn bis zur Regenrinne gelockt! »Guck mal, Heinz, was für eine schöne Regenrinne aus Kupfer!« Der Mann hatte herunter in die Rinne geschaut, sie hatte Anlauf genommen und so weiter. Das Wort »Kupfer« war das letzte, was er gehört hatte. So war es gewesen. Zwei Jahre später war die Abrissbirne gekommen.

Aber zurück zum Fall »Halbpuppe«. Die polizeilichen Ermittlungen hatten ergeben, dass das klitzekleine grünrote Linoleumpartikelchen mit dem Stückchen Stroh und den darumgewickelten Haaren, wohlgemerkt alles im Nano-Bereich, zu einem hier im William D. Rigotti-Building verbauten Fußbodenbelag gehören musste. Das hatten Recherchen bei Herstellern dieses Bodenbelags ergeben. Und so war der Kommissar hierhin gekommen. Die Spezialfirma, die diesen Fußbodenbelag herstellte, war ausfindig gemacht worden. In den letzten vier Jah-

Das
William D. Rigotti-Building

ren war hier in mehreren Etagen der Boden vor den Aufzügen erneuert worden. Und jetzt wollte der Kommissar sich erst mal ein Bild machen von den hier wohnenden Menschen. Deshalb ging er auf dem vor dem Haus befindlichen Parkplatz mal hin, mal her. Und er schaute auch auf die Wiese hinter dem Haus, mal gucken, ob jemand Wäsche aufgehängt hat. Er inspizierte aufmerksam jedes parkende Auto in der Nähe und rauchte dabei eine Zigarette. So, dachte er, würde er nicht auffallen. Doch Klaus hatte ihn entdeckt. Der Kommissar müsste jetzt auf der Hut sein. Aber das sagte er sich auch selbst, er war ja der erfahrene, fast allwissende Kriminalist. Ihn konnte man nicht so schnell ins Bockshorn jagen. Er war »Der Kommissar«.

Charlene Schneider stieg die schmale Treppe zum Tanzstudio hoch. Sie hatte heute Morgen angerufen und einen Termin zu einem Gespräch mit Jerry Vogel bekommen. Sie wollte, solange sie zu Hause bei ihren Eltern wohnte, Stepptanzunterricht nehmen, so wie sie es in Oxford schon lange tat. Jerry Vogel begrüßte sie überschwänglich, so, als würde er sie schon seit Ewigkeiten kennen. Er streckte beide Arme weit aus, um sie dann fast zärtlich, aber mit derbem Druck, zu umklammern. Charlene bekam fast keine Luft mehr. »Schön, dass du da bist, kann ich ›Du‹ sagen, Charlene?« Charlene war etwas unsicher. Doch willigte sie zaghaft ein. Normaler-

Charlene
(Tochter des Kommissars)

weise war sie nicht so ein schneller Typ. Wenn man mit ihr Freundschaft schließen wollte, dauerte es seine Zeit. Aber es ging ihr ja nur um den Tanzunterricht. Also tat auch sie so, als würde sie Jerry Vogel schon lange kennen. Sie lachte.

»Ach, hast du es hier schön!«

Sie sah sich um und schleuderte dabei ihre Handtasche im Kreis durch die Luft. Jerry Vogel bückte sich gerade noch, sonst hätte er das gute Stück voll vor die Birne gekriegt.

»Twännnng, twännnng, twännng!« Die Gitarre von Kommissar Schneider gab ziemlich armselige Laute von sich. Der Kommissar gab sich aber auch keine Mühe. Er war mit den Gedanken woanders. Die Gitarre lag nur so wie ein unliebsamer Gegenstand auf seinen Knien, er zupfte unmotiviert an den Saiten. Eine war schon gerissen. Sie hing kraftlos runter.

»Hase, was gibts heute zu essen?«

»Nichts, Schatz! Heute ist doch unser Fastentag!«

Kommissar Schneider hatte es vergessen. Was für eine bescheuerte Idee! Seine Frau war wie besessen von ayurvedischen Anwendungen, veganem Essen und Yoga. Er musste wohl oder übel mitmachen. Zumindest den Fastentag. Kommissar Schneider schmiss die Gitarre in die Ecke und stand von der Couch auf. Dann ging er zur Tür. Ohne ein Wort verließ er die Wohnung. Startete das

Nissan-Coupé und fuhr zu der Würstchenbude am Filmset. Als er ankam, kurbelte der Würstchenverkäufer gerade den letzten Rest der Jalousie runter und schloss sie mit einem dicken Vorhängeschloss ab.

»Halt! Halt! Polizei! Machen Sie sofort die Würstchenbude wieder auf!«

Der Würstchenverkäufer lachte.

»Ach nee, Hunger? Wohl nix gekriegt zu Hause. Nee, hier is jetzt Feierabend. Die sind auch schon alle weg. Außerdem ist alles weggefressen. Sorry, Herr Kommissar.«

Damit wendete er sich ab und stieg auf den Traktor, der die Würstchenbude hinter sich herzog, startete den Motor mit einem Knall, eine dicke Rußfahne entstieg dem Auspuff, ein paar Umdrehungen des Kolbens im Zylinder, und weg war er. Kommissar Schneider war grün im Gesicht vor Wut.

Als Charlene aus dem Tanzstudio nach Hause gehen wollte, prallte sie im Treppenhaus fast mit einem Fremden zusammen, der, zwei Stufen nehmend, wohl etwas zu schnell um das Geländer herum springen wollte, um die nächste Treppe zu erreichen.

»Entschuldigung!«, kam es aus dem Mund des Fremden.

»Oh, das hätte aber auch ins Auge gehen können!«

Charlene war erschrocken, aber nicht auf den Mund gefallen.

»Oh, Sie waren oben? Bei Mr. Vogel? Steppen Sie auch?«

Klaus wurde neugierig. Die junge Frau hatte einen gehörigen Eindruck auf ihn gemacht. So ein hübsches Mädchen hatte er schon lange nicht mehr gesehen. Kein Wunder, sie war ihrem Vater wie aus dem Gesicht geschnitten.

Neapel: Der blau-grün karierte Rollkoffer war ja gar nicht sein Koffer. Das war doch wie verhext. Rodriguez Faszanatas hatte seinen Koffer auf dem riesigen Bahnhof in Rom doch tatsächlich verwechselt. Ihm wäre es sicherlich aufgefallen, wenn er nicht in ein Gespräch vertieft gewesen wäre mit Schwester Jolande, der Oberin der Don-Bosco-Ordensgemeinschaft. Das war ein sehr interessantes Gespräch gewesen, sodass er mit ihr auf und ab gegangen war, vor der riesigen Restauration, und dabei ganz vergessen hatte, wo er seinen schönen grün-blau karierten Koffer denn hingestellt hatte. Nach der Verabschiedung von der Nonne hatte er versehentlich einfach mit der rechten Hand nach dem Koffer der Frau Kommissar gegriffen, die gerade auf dem Klo verschwunden war. Unabsichtlich. Und erst jetzt, drei Tage später, bemerkte er, dass *dieser* Koffer blau-grün kariert war, seiner aber war grün-blau kariert. Allerdings Hauptfarbe Blau. Bei dem, den er jetzt vor sich hatte, war die Hauptfarbe Grün.

Er suchte und fand an der Seite des Koffers das Namensschildchen: »Jacqueline Schneider, Am Holtkamp 12, 45489 Mülheim.« Rodriguez überlegte nicht lange, er ging zur Information des Bahnhofs und meldete seinen grün-blau karierten Koffer als verloren. Es war ja nichts Bedeutendes drin, dachte er dabei, nur Unterhosen und ein Pullover. Aber der Koffer selber war ihm doch lieb geworden in den letzten Jahren. Er barg so viele Erinnerungen. Erinnerungen an Reisen durch die ganze Welt. Er war professioneller Heiratsschwindler. Den blau-grün karierten Koffer gab er an gleicher Stelle ab.

»Bitte, können Sie dafür sorgen, dass dieser Koffer an seinen Besitzer, in diesem Fall an seine Besitzerin weitergeleitet wird? Danke!«

Dann verließ er den Bahnhof in Neapel wieder und mischte sich unter die vielen Touristen, die sich die Piazza Giuseppe Garibaldi runterquälten, an der Statue vorbei, bis er sich in die Caffetteria di Esposito Anna & C. Sas hinsetzte, um einen Kaffee zu trinken. Bei der Gelegenheit konnte er direkt mit seiner Arbeit beginnen: Er setzte sich unweit einer alleinstehenden, anscheinend gut betuchten Dame und zwinkerte ihr schon mal zu. Immer im Dienst, dachte er noch schmunzelnd. Die Dame konnte ja nicht wissen, dass er seit vier Tagen dieselben Unterhosen trug und sich noch nicht einmal unter den Armen gewaschen hatte. Er benutzte nur Sir Irisch Moos, Flasche kurz geschüttelt, dann Hemd hoch und eine gehörige Portion von dem Zeugs von unten hoch, unter die Achsel gespritzt. Das wars. Dann fühlte er sich immer

Rodriguez Fastanetas

sauber und konnte zum Angriff übergehen. Schnell ergriff er auch hier die Initiative, lud die Dame zu einem Kaffee ein und unterbreitete ihr den Vorschlag, doch mit ihm zusammen, das wäre dann nicht so gefährlich, durchs Spanische Viertel, durchs Quartiere Spagniolo, zu schlendern. Sie war einverstanden. Der Haken saß.

Der Koffer war bereits unterwegs nach Deutschland. Selbstverständlich um etliche Kilo Papiergeld leichter …

Der Kommissar machte sich einen Toast. Mit Käse. Als der Toaster ihn mit seinem unaufdringlichen »Pling« auf den fertigen Toast aufmerksam machen wollte, war der Kommissar aber schon wieder woanders. Im Keller. Er hatte von etlichen Etagen des William D. Rigotti-Building Fotos gemacht, von allen Seiten. Unter der Rotlichtlampe entwickelte und vergrößerte er seine Aufnahmen. Stundenlang hielt sich der Kommissar in seinem Keller auf. Nebenan stand seine Modelleisenbahnanlage. Er ging zwischendurch mal rüber und ließ die einsame Lokomotive der Baureihe 24 (1957) ihre einsame Runde drehen und ein wenig Rauch ausstoßen. Auch das konnte ihn nicht ablenken. Er konnte nicht entspannen. Wieder ging er rüber ins Labor und fummelte an dem alten AGFA-Vergrößerer rum, die Ausschnitte wurden größer und größer. Im 14. Stockwerk sah ein Balkon ungewöhnlich aus. Es hingen, wenn der Kommissar sich nicht täuschte, zwei oder drei Schaufensterpuppen (das konnte jetzt nicht wahr sein!) an einer Art Wäscheleine, mit herunterhängenden Köpfen. Dazu, auch außergewöhnlich, Plastikgeranien, die sehr traurig aussahen, aber das konnte auch etwas ganz Gewöhnliches sein. Doch der Kommissar war auf dem richtigen Weg. Er drehte wieder an dem Vergrößerer, die Gesichter der Puppen waren zwar unscharf, aber trotzdem als solche erkennbar. Der Kommissar hatte eine Spur. Und was für eine! Perfekt! Mit hastigen Schritten die Kellertreppe hoch und ins Wohnzimmer. Da wartete Jacqueline schon mit dem Essen, es gab Heringssalat mit Pellkartoffeln. Der Toast spielte in diesem atemlosen Gehechel um Aufklärung eines Verbrechens jetzt eine völlig untergeordnete Rolle. Er knusperte so vor sich hin. Und nach dem Essen musste der Kommissar, der jetzt langsam wirklich auf heißen Kohlen saß, weil er unbedingt ins Präsidium wollte, mit seiner Frau noch vom Küchenfenster aus das Feuerwerk gegenüber anschauen. Eine Hochzeitsfeier.

Charlene saß mit ihrem neuen Freund im Eiscafé »Agnoli« in der Fußgängerzone. Grismann hatte sie zu einem Eis eingeladen, und sie hatte sich gefreut, in der Stadt, in der sie aufgewachsen war, jemanden kennengelernt zu haben. Denn in Oxford kannte sie zwar viele Leute, aber eine Freundschaft, die da geschlossen wurde, wo man geboren war, hatte eine andere Dimension.

»Ich studiere Sprachen, in Oxford!«

»Bitte schön, was darf es sein?« Die Kellnerin kam dazwischen, ehe Klaus etwas auf die Feststellung Charlenes erwidern konnte. Jetzt mussten erst mal die Eissorten festgelegt werden. »Aprikose, Banane, Erdbeer!«, kam es wie aus der Pistole geschossen aus Charlenes Mund. Klaus bestellte Nuss. Nur Nuss. Drei Kugeln. Mit Sahne. Dazu bestellten beide jeweils einen Cappuccino. Der Gegensatz zwischen dem kalten Eis und dem heißen Kaffee war nicht unerheblich und förderte das Gespräch. Besser, man redet, als dass man sich die Zunge verbrüht, nachdem sie von dem Eis erstarrt war. Sie redeten viel. Am meisten redete Grismann. Er hatte sich in dieses natürliche, hübsche Mädchen verliebt, das konnte ein Außenstehender bemerken – in diesem Fall der Chef hinter der Eistheke, der die beiden beobachtete und ab und zu mal gedankenverloren einem, der vor seiner Theke stand, eine Kugel Mokka oder Erdbeereis in das Hörnchen quetschte. Ach, könnte er doch auch noch einmal so jung sein wie die zwei. Dabei war der Kerl eigentlich viel zu alt für die Frau. Angeekelt sah der Eisverkäufer wieder weg.

Jerry Vogel spazierte durch die Altstadt. Er war gerade in dem kleinen Lokal, wo er immer schon hinging, Pizza essen gewesen. Die kannten seine Wünsche und machten extra für ihn die Pizza »Jerry«, mit Zwiebeln, Salami und Oliven. Manchmal wollte er noch Sardellen drauf haben und Kapern. Er hatte ein Bier getrunken und war gut gelaunt. Etwas zu gut vielleicht. Zufällig kam er am Eiscafé »Agnoli« vorbei, musste kurz den Schritt verlangsamen, ging sogar ein, zwei Schritte zurück und kniff die Augen zusammen: Saß da nicht diese hübsche Charlene, zusammen mit dem Fiesling aus seinem Stepptanzkurs, diesem Klaus, diesem völlig untalentierten Angeber? Wenn er das wirklich ist, dachte Jerry. Doch, nach nochmaligem Hinsehen war er sicher. Das war der Typ. Aber was machte die denn mit diesem Blödmann? Jerry war plötzlich total eifersüchtig. Und seine spanischen Wurzeln taten ihr Übriges. Ohne Vorwarnung stieß er die Glastür nach innen auf, nahm den Kopf von Klaus, der erstaunt hochsah, drückte ihn nach unten in sein Eis und riss ihn an den Haaren wieder hoch. Dann stieß er ihn noch einmal in den Eisbecher aus Glas. Der zerbrach, und Klaus hatte eine lange Schnittwunde über das ganze Gesicht. Charlene sprang schreiend auf und haute Jerry ihre Handtasche mehrmals über den Schädel, sodass dieser umfiel. Klaus trat Jerry in den Unterleib. Das wiederum fand Charlene hinterfotzig und gemein, worauf sie das Eislokal verließ. Der Chef hinter der Theke schüttelte nur müde mit dem Kopf, während er das Glas weiter mit dem karierten Baumwolltuch abtrocknete, um dann das nächste Glas zu nehmen. Dann dasselbe noch mal. Klaus fand das Ganze überaus peinlich. Jerry auch. Und beide fanden, dass Charlene einfach gegangen war, war nicht die feine englische Art, wo sie doch in Oxford studierte.

So saßen sie noch eine Weile und unterhielten sich. Jerry erzählte Klaus von New York, wo er aufgewachsen war, und Klaus tat seinen Teil dazu, er erfand irgendeine Legende aus seiner Jugend, wie er im Gymnasialturnverein die Nummer eins gewesen war und alle Wettkämpfe gewonnen hatte, auch wäre er ganz großartig im Rudern gewesen. Er erfand auch einen Geburtsort, nämlich Neheim-Hüsten. Nach einer Weile verabschiedeten sich Jerry und Klaus und gingen ihrer Wege, nicht ohne sich vorher für den nächsten Nachmittag zu verabreden.

Charlene war echt sauer. Diese weißen alten Männer hatten ihr den Tag verdorben. Aber sie fand Jerry eigentlich doch ganz nett, und tanzen konnte der ja auch so gut. Und Klaus? Der war doch eigentlich auch zu ihr sehr zuvorkommend gewesen, und ja, er konnte nichts dafür, dass Jerry so ausgeflippt war. Jerry hatte sicherlich eine schlimme Kindheit gehabt, da drüben in den Staaten. Und dass er Stepptänzer geworden war, war sicherlich eine Art Flucht. Und die war ihm ganz gut gelungen. Sein Stepptanzstudio war die Nummer eins hier in der Stadt. Es gab nichts Vergleichbares. Nein, Jerry war auch schwer in Ordnung. Charlene wollte dann auch am nächsten Tag wieder hingehen. Aber erst mal nach Hause, zu Vater und Mutter. Vielleicht gab es was zu essen.

Was für ein Feuerwerk! Kommissar Schneider und seine Frau saßen am offenen Küchenfenster und schauten in den Himmel. Sie hatten aufgegessen. Auch Charlene, die soeben reingekommen war, stand hinter den beiden und bestaunte das Spektakel. Eine türkische Hochzeit, was sollte es denn sonst sein? Der Kommissar war fest davon überzeugt, nur Türken machten so was. Wer weiß, wie viele Hunderte von Euro da in den Himmel geschossen wurden! »Das kostet ein Vermögen, Hase!«, er legte den Arm um seine Frau. Vielleicht kamen so wieder Gefühle auf, Gefühle, die er schon sehr lange nicht mehr gehabt hatte. Da schellte erbarmungslos das Telefon im Flur! »RRRRRRRRRIIIIIIIIINNNNNNGGGGGGG!!!«, machte der Apparat. Charlene startete zum Apparat.

»Hier bei Kommissar Schneider!« Am anderen Ende war ein Polizist aus dem Präsidium. Er sollte Kommissar Schneider darüber informieren, dass es eben in der Stadt eine Schlägerei gegeben hatte. Im Eiscafé. Es könne von Wichtigkeit sein für die Aufklärung des zurzeit in allen Organen der Polizei herumgeisternden Falles. Der Chef des Eiscafés hatte angerufen, nachdem etwas passiert war, was der Mann als ziemlich außergewöhnlich beschrieben hatte: Beim Rausgehen hatte einer der Männer eine große Flasche holländischen Zitronengenever mitgehen lassen. »Englisch einkaufen« nannte der Italiener das. Holländischer Zitronengenever war für ihn das Stichwort gewesen. Es hatte in der Zeitung gestanden, dass dieses Gesöff ein wichtiges Teil eines großen Puzzles sein könnte. Dafür hatte der Polizeipräsident gesorgt, der diese Einzelheit als einzige Information an die Presse weitergegeben hatte. Jeder, der etwas über dieses Getränk wüsste, solle sich im Präsidium melden. Ab da war fast den ganzen Tag ein ungeheurer Betrieb im Präsidium, sodass der Polizeipräsident am Ende die Sache lieber nicht ausposaunt gehabt hätte.

Kommissar Schneider hatte die Fotos vom William D. Rigotti-Building in einer schmalen Ledertasche mit ins Polizeipräsidium genommen, zusammen mit ein paar Kollegen wollte er die Hausdurchsuchung in diesem riesigen Wohnkomplex besprechen. Man konnte ja nicht einfach ein so großes Haus stürmen und alle Bewohner anschreien, dass sie es jetzt mit der Polizei zu tun bekämen, und jedem das Papier der Staatsanwaltschaft vor die Nase halten. So was will gut überlegt und vorbereitet sein. Der Geschichte mit der Schlägerei im Eiscafé maß der Kommissar jetzt erst mal keine besondere Bedeutung zu. Er war überzeugt, die richtige Spur zu haben, und wollte sich nicht mit Kleinigkeiten abgeben. Mit Tatütata raste der Pulk mit den Polizeiautos durch die Stadt, angeführt von einem etwas lahm wirkenden, eierschalenweißfarbenen Nissan-Coupé, das sich in jeder Kurve mit quietschenden Reifen durch den Feierabendverkehr quälen musste. Der Kommissar trat so feste auf das Gaspedal, dass es stecken blieb und der Wagen in Höchstgeschwindigkeit in Richtung Peripherie schoss. Die anderen konnten da kaum mithalten. So kam es, dass der Kommissar ganz alleine am William D. Rigotti-Building auftauchte. Grismann schloss gerade die Haustür auf und verschwand im Aufzug. Doch das hatte der Kommissar aus seinem Blickwinkel nicht sehen können. Er stellte das Coupé auf dem Seitenstreifen ab und machte sich daran, an der großen Eingangstür alle Namen, die an den Klingeln standen, aufzuschreiben, zusammen mit dem Stockwerk und der Lage der Wohnung, links, rechts oder geradeaus. Als der Rest des Pulks mit Blaulichtern eintraf, war der Kommissar damit gerade fertig geworden. Und Klaus oben im 14. war das außergewöhnliche Treiben jetzt auch aufgefallen. Was nun? Er hatte irgendwie eine Ahnung, dass etwas passieren würde, was seine Existenz bedrohte, das heißt, er hatte das untrügliche Gefühl, demnächst die Erdbeeren von unten sehen zu können, wenn er nicht höllisch aufpassen würde. Schnell reagierte er. Bis der Polizistenschwarm im 14. Stock angekommen wäre, müsste er unbedingt ein paar Veränderungen herbeiführen. Er rannte auf den Balkon und nahm die drei Puppen von der Leine, sie hingen dort zum Trocknen, er hatte sie gründlich gewaschen, bevor er mit ihnen seine Arbeit beginnen wollte. Er setzte sie auf das Sofa. Salzstangen auf den Tisch und ein »Mensch ärgere Dich nicht«-Spiel dazu. Und eine Dose Bier. Dann schob er den großen Schrank, in dem sich seine Schallplattensammlung vor fremden Blicken verbarg – manchmal kam Besuch, der nicht unbedingt von dieser immensen Sammlung erfahren sollte –, vor den kleinen Raum, in dem er seine »Werkstatt« eingerichtet hatte. Jetzt sah es so aus, als würde der Flur dort aufhören. Die Pflanze auf dem Balkon drehte er noch einmal so, dass sie die Sicht auf das kleine Fensterchen der versteckten Werkstatt verbarg. Jetzt setzte er sich auf die Couch und wartete seelenruhig auf die höchstwahrscheinlich bald anrückenden Polizisten. Wär doch gelacht, wenn denen was auffallen würde. Oh! Der Zitronengenever! Schnell den auch noch wegschütten. Er erledigte das auf dem Gästeklo, dann warf er die leere Flasche einfach runter vom Balkon, in die Wiese, hinterm Parkplatz. Er musste dafür ziemlich weit ausholen, die Flasche flog zwanzig Meter weit und landete mit einem dumpfen, kaum hörbaren Geräusch im Gras. Niemand hatte es bemerkt. Sie waren ja jetzt auch schon alle im Haus.

»Hier, das ist doch dasselbe Zeug, was wir suchen!« Ein Polizist stand vor der Aufzugstür im Erdgeschoss.

»Lass sehen!« Der Kommissar bückte sich und prüfte den Bodenbelag vor dem Aufzug. Ein Stück Linoleum, ungefähr so groß wie eine halbe Tischtennisplatte, war, sozusagen als Fußabtreter, bevor man in den Aufzug steigt, auf den Steinboden geklebt. Mit einem Speziallicht und Lupen untersuchten die Polizisten den gesamten Bereich des Linoleums. Kommissar Schneider mittendrin. Er kroch mit der Lupe ganz nah vor dem Gesicht tief unten am Boden rum, und sein röchelnder Atem war durch das ganze Treppenhaus zu hören. Das Hochhaus hatte eine Nottreppe, die nur von den Leuten im ersten Stock benutzt wurde, aber auch nur dann, wenn der Aufzug nicht schnell genug kommen wollte.

Klaus wartete. Es vergingen nicht ganz zwanzig Minuten, da klopfte es an seiner Wohnungstür, die Schelle hatte er ausgestellt.

»Ja, bitte?«

»Hier ist die Polizei, bitte öffnen Sie!«

Klaus machte den zwei Polizisten, die sofort hereinschlüpften, die Türe auf. »Bitte, kommen Sie doch rein«, konnte er gerade noch sagen. Durch die jetzt geöffnete Tür traten nach den Polizisten noch die Einsatzleiterin Suzan Helmbrecht und Kommissar Schneider ein. Der Kommissar hielt Klaus ein Schreiben unter die Nase mit der Unterschrift des Bezirksrichters zur Hausdurchsuchung. Dann sah er im Wohnzimmer die Puppen auf der Couch. »Sie sind vorläufig festgenommen. Sie können Ihren Anwalt anrufen und müssen auf Fragen nicht antworten … (der übliche Scheiß, den man ja schon aus Fernsehserien kennt!)« Grismann wurden Handschellen angelegt und anschließend herausgeführt. Der Kommissar blieb noch eine Weile mit der Spurensicherung in der kleinen Wohnung. Hatte er doch den richtigen Riecher gehabt, dachte er. Die Puppen wurden mitgenommen zum technischen Institut der Polizei. Aber ansonsten war

Grismann mit Hyb

nichts, aber auch gar nichts an Spuren in der Wohnung zu finden, wie später bei dem Screening herauskommen sollte. Vor dem Aufzug in der 14. Etage war das Stück Linolium andersfarbig, wie übrigens auch in allen Etagen verschiedene Farbkombinationen genommen worden waren. So konnten die Bewohner sich »ihre persönlichen Etagen-Farben« merken, wie anders sollte man das sonst denn verstehen.

»Ich bin ein einsamer Mensch geworden, nachdem meine Frau bei einem Verkehrsunfall ums Leben gekommen ist, vor zwanzig Jahren. Vorher war alles in bester Ordnung. Doch dann, Sie wissen ja, wie das ist.«

»Nein, Herr … äh …«

»Grismann! Mein Name ist Grismann.«

»Herr Grismann, ich weiß nicht, wie das ist, denn meine Frau zum Beispiel ist immer allgegenwärtig, vor allem, wenn ich in die Küche gucke.«

»Ja, trotzdem denke ich, Sie können das irgendwie nachvollziehen, wie das ist, wenn plötzlich der Partner fehlt.«

»Oooooh ja! Das kann ich! Gerade neulich ist mir genau das passiert. Meine Frau war für ein paar Tage verreist, ich weiß genau, wovon Sie sprechen. Manchmal ist dann der Tagesablauf gestört, zum Beispiel beim Rückenwaschen, wenn Sie verstehen.«

»Jetzt verstehe ich wiederum nicht, Herr Kommissar.«

»Ach, vergessen Sie es. Warum umgeben Sie sich mit Schaufensterpuppen statt mit richtigen Menschen?«

»Weil es sich so ergab. Ich habe diese Puppen draußen im Wald gefunden, und dann hab ich gedacht, ich könnte sie vielleicht als ›Stumme Freunde‹ mit zu mir nehmen. Dazu habe ich sie ja dann auch gebraucht. Gebraucht, um mich mit ihnen zu unterhalten, Mensch ärgere Dich nicht zu spielen, einfach sie auch zu pflegen. Sie haben ja selbst gesehen, ich habe sie sogar gebadet und dann zum Trocknen aufgehängt, auf dem Balkon, wie ja Ihre Fotos beweisen. Ich habe mir nichts zuschulden kommen lassen. Ich habe sozusagen ein gutes Verhältnis mit den Puppen, wir sind echte Freunde geworden.«

»Aber es sind allesamt weibliche Schaufensterpuppen, Herrr … äää … ä«

»Grismann!«

»Herr Grismann, alles Mädchen, wenn man so sagen darf.«

»Mir ist das egal, ob Mann oder Frau, für mich sind das alles Menschen.«

»Aha, ich verstehe. Aber denken Sie nicht auch, dass es schon sehr…wie sagt man … ›spooky‹ ist, sich mit Plastikpuppen einen schönen Abend zu machen. Finden Sie nicht, das ist pervers?«

»Pervers wäre, wenn ich mich vor Einsamkeit aufgehängt hätte, Herr Kommissar.«

Jetzt kullerten Grismann kleine Tränchen die Wangen runter. Der Kommissar war geradezu entsetzt. Auch er war plötzlich bewegt, wenn man genau hinsah, wurden seine Augen feucht. Die Kamera des Verhörraums ging jetzt in die Nahaufnahme, immer größer wurde das Bild mit den feuchten Augen des Kommissars. Der Staatsanwalt preschte herein und riss das Mikrofon vom Tisch.

»Aufhören! Aufhören! Kommen Sie, Herr Kommissar!« Die beiden verließen den Raum. Drinnen saß Grismann mit unbeweglichen Gesichtszügen.

Draußen vor der dicken Fensterscheibe, die den Verhörraum vom Beobachtungsraum trennte, entspann sich ein halblaut geführter Konflikt zwischen dem Staatsanwalt und dem Kommissar. Am Ende verließ der Kommissar wütend das Präsidium. Sie hatten Grismann wegen fehlender Indizien wieder auf freien Fuß gesetzt. Kommissar Schneider raste nach Hause. Er überfuhr zwei rote Ampeln und nahm einem Radfahrer die Vorfahrt. Der jedoch hatte viel Glück, weil er langsam fuhr und rechtzeitig eine Vollbremsung machen konnte. Sein Lastenfahrrad war mit drei Kästen Bier beladen, die nach vorne rutschten, es gingen ein, zwei Flaschen kaputt, aber das wars auch schon. Der Kommissar war in Rage. Als er zu Hause die Tür aufschließen wollte, fand er den Haustürschlüssel nicht sofort in seiner schwarzen U.S.-Polizeijacke. Er knallte mit der flachen Hand mehrmals laut auf die Holzverkleidung der Tür und rief »Hase! Hase!«. Seine Frau machte die Tür auf, und der Kommissar flog hinein, in die Küche. Kühlschrank auf, Flasche Bier an den Hals und ex. Runter mit dem Zeug. Jetzt ging es ihm besser.

»Was hast du denn, Yves?«

»Ach, das verstehst du nicht, Hase. Neeeeee, lass mal. Ist beruflich.«

Sie gab sich mit dieser Erklärung zufrieden.

Charlene stieg die schmale Treppe hoch ins Stepptanzstudio. Jerry Vogel hatte sie angerufen und um Verzeihung für seinen Ausbruch neulich gebeten. Sie war so verständig, dass sie ihm das verzieh, vor allem, weil er ihr erzählte, dass er sich mit Klaus sofort vertragen hatte. Sie wertete sein Verhalten insgeheim als Kompliment für sie. Dass er sich für sie in Gefahr begeben hatte, machte sie stolz auf sich selbst. Sie schaute, bevor sie in das Studio trat, in den Spiegel neben der Tür. Sie fand, sie sah fantastisch aus. Bis auf die Augen. Sie beanstandete aber immer schon ihre Augenringe, dabei hatte sie gar keine.

Kommissar Schneider hatte keine Lust mehr. Der Beruf war vielleicht doch nicht das Richtige für ihn. Wieso nahm er denn überhaupt diese ganzen Torturen auf sich? Für wen denn? Wenn ihm keiner am Ende Applaus spendete, geschweige denn, einen vernünftigen Geldbetrag. Mit solchen Zweifeln fuhr der Kommissar nach Düsseldorf und schlenderte durch die Altstadt. Seine Schritte lenkten ihn ins »Pötzke«. Da konnte er sich bei

Livemusik sein schweres Leben als Kriminalist manchmal etwas erträglicher machen. Er trat ein. Links direkt neben der Tür war eine kleine Bühne, darauf standen ein paar Musiker, die Musik war draußen schon zu hören. Der Tubaspieler tutete in sein Blech, dass man meinen konnte, er platzte gleich. Ein Banjospieler bearbeitete sein Instrument mit Eifer, und der mit der Posaune spielte gerade die Melodie von »Ice-Cream«. Die Klarinette piepste drum herum. Superstimmung im ganzen Lokal, hinten tanzte eine Frau mit Faltenrock auf einem der hohen Biertische. Der Kontrabass war das größte Instrument auf der Bühne, dahinter ein gut aussehender älterer Herr mit silbrigen Haaren.

»Ein Alt!« Der Kommissar bestellte sich ein Bier. Schnell hatte er es in der Hand und schon am Mund. Rein das Zeug!

»Noch eins!« Das kam noch schneller. Die Musiker machten eine Pause. Der Kontrabass-Spieler verdrückte sich sofort in die hinterste Ecke, dort hatte er auch schon sein Opfer ausgemacht, eine Frau im mittleren Alter mit großem Busen. Mit ungeheurer Leichtigkeit verwickelte er sie in ein Gespräch, um dann, schon nach ein paar Minuten, seinen Arm um ihre Taille zu legen. Sie ließ es fröhlich geschehen. Dann erst nannte er ihr seinen Namen.

»Ich bin der Robbie!« (Der Name ist aus Gründen des Personenschutzes geändert.) Kommissar Schneider blieb den ganzen Abend in der kleinen Kneipe. Er trank gefühlt bestimmt über zwanzig Bier. Trotzdem konnte er noch Auto fahren. Dachte er. Die flotte Dixieland- und Swing-Musik motivierte ihn zum Mitklatschen und nachher auch zum Mitsingen. Nach einiger Zeit war er sozusagen das Maskottchen der Band geworden. Als Schluss war und die Band mit dem Hut rumging, steckte er hundert Euro rein. Dafür wurde er zum König des Abends erklärt.

»Einmal bitte Führerschein und Fahrzeugschein!«

Aus einem dichten Nebel heraus hörte der Kommissar diese Worte. Er war direkt noch in Düsseldorf innerhalb einer Baustelle in eine Verkehrskontrolle geraten. Der Polizist wollte die Fahrertür öffnen, dabei war der Kommissar, der sich mit der linken Schulter an der Fahrertür angelehnt hatte, der Länge nach draußen auf die Straße gekippt. Das kam der Polizei verdächtig vor.

»Haben Sie Alkohol oder sonstige Drogen zu sich genommen?«

Der Kommissar fing an zu schnarchen. Der Polizist fragte noch einmal: »Haben Sie Alkohol oder sonstige Drogen zu sich genommen, Herr Schneiders?«

»Schneider! Kommissar Yves Schneider, wenn ich bitten darf! Natürlich nicht!«, lallte der besoffene Kommissar.

»Dann wollen wir Ihnen mal Glauben schenken, Herr Kommissar. Und denken Sie daran, es ist Glatteis, fahren Sie bitte vorsichtig. Auf Wiedersehen.«

»Auf Wiedersehen, Herr Wachtmeister.«

Der Kommissar durfte seinen Weg fortsetzen. Als er nach Hause kam, war alles dunkel. Anscheinend schliefen sie schon alle. So konnte der Kommissar noch draußen auf der Terrasse eine Flasche Bier öffnen, er trank sie aber nicht aus, denn plötzlich fiel er um und schlief auf dem Gartenmöbel ein.

Jerry Vogel und Charlene waren im Autokino. Mit dem nagelneuen zweifarbigen Renault »Michelangelo«, dem neuesten Elektrowagen, den Jerry sich kürzlich gekauft hatte. Sie hatten ihr Autoradio auf Bluetooth eingestellt und empfingen so den Ton des Spielfilms, der gerade lief. Es handelte sich um einen Zeichentrickfilm mit teilweise richtigen Schauspielern, die dann auch wieder gezeichnet waren. Man wusste nie, was jetzt real war und was nicht. Ein brennendes Hochhaus war so echt gefilmt worden, dass man den Verdacht hatte, dass es sich wirklich um ein brennendes Hochhaus handelte. Und die Dinosaurier waren so lebensecht, dass die Leute in ihren Autos mit den 3-D-Brillen jedes Mal erschrocken zurück in ihre Sitze gepresst wurden, wenn der Dinosaurier nach vorne sprang, in die Kamera rein. Dann war Pause, und eine Horde von Studentinnen in engen Jersey-Overalls sprangen um die Autos rum, um Hotdogs und Coke oder Milchshakes zu verteilen. Auch Charlene nahm ein Hotdog. Jerry eine Coke.

Sie kamen sich näher. Doch als Jerry Charlene endlich küssen wollte, rammte sie von hinten ein anderes Auto. Dabei verrutschte Jerrys Gebiss, das er erst mal wieder gerade rücken musste. Ziemlich sauer öffnete er die Autotür und sprang raus. Im Auto hinter ihm saß Klaus. Der stieg fröhlich aus und sagte: »Revanche! Revanche für das Eiscafé!« Dabei lachte er laut. Jerry Vogel war das unheimlich.

»Wieso hast du uns gerammt?«

»Ich habe es ja gesagt gerade. Ich wollte dir den Angriff im Eiscafé heimzahlen. Oder meinst du, ich würde so was auf mir sitzen lassen? Jérôme vielleicht, aber Klaus? Hahaha!«

Jetzt wusste Jerry Vogel nicht mehr, was er denken sollte.

»Wer ist Jérôme?«, presste er zwischen gehärteten Lippen hervor.

»Jérôme? Ich, wer sonst.« Jetzt stieg Charlene aus.

»Was ist, wollen wir nicht den Film zu Ende gucken?«

Grismann guckte Jerry Vogel an, Jerry winkte ab.

»Ich hab keine Lust mehr. Ich fahr nach Hause.«

Charlene stieg in Grismanns Auto.

»Dann guck ich eben mit dir weiter, oder?«

»Warum nicht. Tschüss, Jerry. Wir erzählen dir dann den Ausgang der Geschichte.«

Jerry Vogel startete unhörbar seinen nagelneuen Renault und düste beleidigt ab.

Klaus saß am Steuer, Charlene daneben. Unwillkürlich musste sie lachen.

»Was für ein Hitzkopf. Das hast du doch nicht extra gemacht, ihm hinten reingefahren, oder?«

»Natürlich nicht, Charlene. Es ist einfach verdammt eng hier auf dem Parkplatz. Aber was soll ich dem denn sagen? Da hab ich mir eben einen Spaß erlaubt.«

»Ich will mir den Stepptanzunterricht bei ihm nicht versauen. Deshalb ruf ich ihn gleich noch an. Aber erst gucken wir den Film zu Ende.«

Kommissar Schneider saß am Essenstisch. Es war schon Dezember geworden, und endlich gab es mal wieder Winter-Skrei auf dem Markt. Jacqueline hatte drei Stück von diesem leckeren Kabeljau gekauft und mit etwas Salbei und Butter zubereitet, es roch verführerisch aus der Küche. Dem Kommissar floss der Speichel in den Mundwinkeln zusammen. Gleich! Gleich würde der Fisch, der wertvolle Skrei, der Winter-Skrei, ihm von Jacqueline serviert werden. Er selbst hatte nur so viel zu dem Essen beigetragen, wie es in seinen Möglichkeiten gelegen hatte. Er hatte eine Flasche Weißwein aus dem Zweit-Kühlschrank in der Garage geholt, geöffnet und zwei Gläser auf den runden Tisch gestellt. Beim Essen sah er seine Lieblingsserie »Die Rasselbande«, und der Fernseher war vom runden Tisch aus besser zu sehen als vom Esstisch.

»Charlene ist noch unterwegs, sie kommt erst spät, Yves.«

»Ach so, dann esse ich ihr Stück mit.«

Klaus wusste, dass Charlene die Tochter des Chefermittlers vom Dienst war. Das hatte er schon früh herausgefunden. Er hatte, nachdem er sie auf der Treppe im Stepptanzstudio zum ersten Male gesehen hatte, die Anmeldebögen von Jerry Vogel durchgeforstet, als dieser nach etlichen Tanzstunden einmal auf die Toilette gegangen war. Und da stand: Charlene Schneider, Am Holtkamp 12. Er hatte dann die Adresse ausgekundschaftet und war dahintergekommen, dass hier der Kommissar wohnte, wie auch das vor dem Haus stehende Nissan-Coupé bezeugte. Aus diesem Grund hatte er sich an ihre Fersen geheftet. Aber wie sinnvoll das für ihn sein würde, war ihm bisher noch nicht wirklich klar. Vielleicht könnte er die Beziehung zu ihr ausweiten und dadurch den Verdacht, den der Kommissar mit 100-prozentiger Bestimmtheit immer noch gegen ihn hegte, aus der Welt schaffen? Er wollte sich mit ihr das nächste Mal bei ihr zu Hause verabreden, sie dort abholen und den Eindruck erwecken, dass er ein wirklich netter Kerl wäre, dem man seine Einsamkeit abnimmt und der ja jetzt, durch Charlene, dabei war, diese Einsamkeit zu beenden, ja sogar mit ihr zusammen eine Familie zu gründen! Klaus Grismann schmeichelte sich selbst etwas, als er diese ganzen Zusammenhänge noch einmal Revue passieren ließ. Und wie er die Puppen, die auf seiner Couch saßen, erklärt hatte, das war oscarreif gewesen! Und dann diese Trauer der Einsamkeit, die er dem Kommissar vorgespielt hatte, er musste sich innerlich kaputtlachen. Was für ein Loser, was für ein unfähiger Kriminalist, was für ein »Opfer«.

Charlene hatte ihrem Vater erzählt, dass sie einen sehr netten Mann kennengelernt hatte, im Stepptanzstudio, der dort auch Unterricht hätte und den sie ihm und ihrer Mutter demnächst vorstellen wollte.

»Yves! Was meinst du, soll Charlene ihn mal mitbringen?«

Der Kommissar saß in seinem Ledersessel in der Ecke des Wohnzimmers, am Kaminofen, den er erstmals in diesem Winter angezündet hatte, die Holzscheite loderten in gleichmäßigem Takt von innen gegen die Ofendecke. Er las die Stadtzeitung, die dort gedruckten Todesanzeigen. In dieser Zeitung hatte er schon mehrmals die Anzeigen ehemaliger Schulfreunde oder von Leuten, denen er in seinem Leben schon mal begegnet war, gelesen. Und heute stand wieder jemand drin, den er auch schon lange nicht mehr gesehen hatte. Adolf Kempchen, der Schuster mit dem Holzbein, der damals die Kinder erschreckt hatte. Wenn sie bei ihm beispielsweise einen Tornister zur Reparatur abholen wollten, hat er vor den Augen der Kinder immer ein langes Messer genommen, es sich mit voller Wucht in das Holzbein gehauen und gelacht. Die Kinder rannten dann reihenweise schreiend raus, sie wussten ja nicht, dass es aus Holz war.

»Wenn du meinst.«

Mehr sagte der Kommissar nicht dazu.

München: Die alte Espelkamp saß am Stachus. Sie fror. Der Winter hatte eine harte Schneise quer durch ganz Europa geschnitten. Die kalte Wut der Polarluft wurde noch durch den harten Ostwind, der heute herrschte, multipliziert. Hartherzig und gemein lachte der Himmel über die Unvollkommenheit der Menschen, dieser Naturgewalt ohne Hilfsmittel beizukommen.

Zurück ins Stepptanzstudio von Jerry Vogel: »Und tipp, und tapp, und tipp, und tapp, tappderapp, tappderapp, tapp, tapp, tapp! Jaaaaa, genau so, die Beine werden immer leichter, jaaaa, so ist es guuuut, Klaus!« Klaus war etwas besser geworden, meinte Vogel. Das stimmte natürlich überhaupt nicht. Aber Klaus wäre sonst am Ende enttäuscht gewesen. Nicht von sich, sondern von ihm, Jerry Vogel. Denn schon einmal hatte Klaus ihn dafür verantwortlich gemacht, dass er noch nicht mal das Video, in dem Sammy Davis Jr. auf Mr. Bojangles steppt, nachtanzen konnte. Dabei wäre das doch ein Ziel von ihm, von Klaus, gewesen. Vogel hatte danach immer aufgepasst, was er zu Grismann sagte, damit dieser nicht ausrastete. Das Ausrasten kannte er ja schon von sich selber gut. So konnte er sich gut in jemand anderen hineinversetzen.

Dann kam auch noch Charlene zum Unterricht. Es war wieder alles beim Alten. Sie steppten gemeinsam auf Musik von James Last, nachher auch auf Musik von Karlheinz Stockhausen, das machte locker und war sehr lebhaft. Mr. Vogel gab einige Anweisungen, wie man noch besser und effektiver, das heißt mit weniger Kraftaufwand, bessere Klack-Ergebnisse bekommt. Am Ende waren alle drei schweißgebadet. Dann gingen sie in die Sauna. Danach noch in den großen Bottich, der mit Eis gefüllt war. Ah, das macht fit. Das entspannt. Dann an der Theke im Studio noch einen Drink, am besten ein Obstsaft, und anschließend nach Hause.

»Komm heute doch einfach mal mit zu mir, Klaus! Meine Eltern wollen dich kennenlernen!«

Genau das war es, worauf Grismann gewartet hatte. Es war so weit! Ein Treffen mit dem Kommissar unter zivilen Umständen, sogar beim Kommissar zu Hause! Dann könnte er ihn sicherlich endgültig beruhigen, was seinen Verdacht bezüglich der Geschichte neulich im William D. Rigotti-Building betraf.

Jerry räumte noch lange auf, rollte die Teppiche aus im Studio, denn morgens kam dort immer eine Yogagruppe zusammen. Die wollten weichen Boden haben, es waren ältere Leute, die sich dort trafen und die mit Yoga eigentlich etwas ganz anderes meinten, nämlich Klatsch und Tratsch in sportlichem Ambiente, geturnt wurde da schon mal gar nicht. Nur über andere hergezogen. Die zusammengerollten Yogamatten, die diese Herrschaften mitbrachten, blieben bis zum Schluss auch brav zusammengerollt. Es gab Sekt, und dann verabschiedete man sich voneinander.

»Guck mal, Vati, das ist der Klaus, hier sitzen wir zusammen im Eiscafé Agnoli. Wie findest du ihn?«

Der Kommissar schaute erst nicht richtig hin. »Papa! Du musst auch gucken!«

Noch einmal hielt sie ihm ihr Handy unter die Nase, mit dem sie ein Posting-Foto für Instagram für ihre Freundinnen in Oxford aufgenommen hatte. Jetzt sah der Kommissar genauer auf das Foto. Und dann erkannte er Grismann, den Typen aus dem William D. Rigotti-Building, den er doch neulich verhört hatte! Der Kommissar ließ sich nichts anmerken.

»Nett, ja, eigentlich ganz nett, bestimmt!«

»Er IST nett, Papa. Kann ich ihn denn hierhin mitbringen?«

»Natürlich, wie könnte ich meiner einzigen Tochter etwas abschlagen? Du musst ja selbst wissen, wem du dein Vertrauen schenkst. Und ich als dein Vater will den Kerl, also, diesen … wie heißt er noch?«

»Klaus.«

»Also, diesen Klaus gerne kennenlernen. Nicht wahr, Hase?«

Bei diesem Satz drehte er sich zur Küche, um das seiner Frau zuzurufen.

»Aber ja! Bring ihn doch einfach morgen mit.«

Damit war die Einladung auch offiziell ausgesprochen. Jetzt musste der Kommissar sich nur noch ausdenken, wie er Grismann zur Strecke bringen könnte. Denn DASS dieser Typ seine Spur war, das ahnte der Kommissar nicht nur, das wusste er mit Bestimmtheit. Nachts wachte der Kommissar noch dreimal neben seiner laut sägenden Frau auf, um auf die Toilette zu gehen. Und jedes Mal malte er sich aus, was er diesem miesen Typen antun würde. Mit bloßer Hand.

Jerry Vogel steppte noch eine Weile. Er hatte den Teppich noch einmal zusammengerollt und zur Seite gelegt. Klackediklack, machten seine Schuhe. In einer atemberaubenden Leichtigkeit flogen seine Füße über das Parkett. Wie viel Körperbeherrschung gehörte zu solch einer Ausdruckskraft, wie sie dieser Mann entwickeln konnte. Nicht umsonst war er unbestritten der König der Stepper gewesen. Damals, in Hollywood. Doch ein völlig läppischer »Unfall« hatte ihn für Monate außer Gefecht gesetzt, er konnte nie mehr an seine alten Erfolge anknüpfen, weder im Film noch als Lehrer in den Staaten. Deshalb war er nach Europa gekommen. Er war damals mitten auf dem Sunset Boulevard auf einer achtlos aus einem fahrenden Auto herausgeworfenen Bananenschale ausgerutscht (das hört sich absurd an, aber es ist die Wahrheit!) und hatte sich das Fersengelenk gebrochen. Viele kleine Knochensplitter mussten in mehreren Operationen aus seiner Hacke entfernt werden. Als endlich alles wieder gut zusammengewachsen war, hatte ein anderer seinen Platz eingenommen, Ryan Gosling. Mit ihm erhoffte sich Hollywood mehrere Oscars für den Film »La La Land«, und die Rechnung ging zumindest wie folgt auf: Der Film sorgte für einen regelrechten Stepptanz-Boom in den USA. Wenn er in Los Angeles geblieben wäre, hätte auch er sich dort vor Schülern wahrscheinlich nicht mehr retten können, denn fast alle Tanzkurse in Los Angeles waren, seitdem der Film in die Kinos gekommen war, jahrelang ausgebucht. Und jetzt tanzte er sich hier die Seele aus dem Leib. Jerry, du bist der Größte. Jerry! Jerry! Er hörte die Sprechchöre der vielen Fans durch die riesige Hollywood-Bowl rufen. Gedankenversunken steppte er, mit vor der Brust verschränkten Armen, alle Lieder, die er kannte.

Klaus hatte in seiner Wohnung den großen Schrank wieder auf seinen Platz gestellt und war in seiner Werkstatt. Es musste doch eine Möglichkeit geben, dass die femininen Hybs schwanger werden könnten. Vielleicht müsste er Spielzeugpuppen besorgen und daraus »Kinder« machen. Und warum dann nicht auch Arme und Beine von Kindern. Hm. Irgendwie bekam Grismann Skrupel. Nein. Das würde nicht infrage kommen. Kinder? Nein. »Ich bin doch kein Kindermörder.« Er ging in den Flur, stellte sich vor den Spiegel und sagte mehrmals hintereinander, mit immer neuen Gesichtsausdrücken: »Ich bin doch kein Kindermörder.« Anschließend beschäftigte er sich mit dem Hyb, den er zu einem Olympia-Ringer aufbauen wollte. Eine ziemlich große, männliche Schaufensterpuppe aus Rio de Janeiro. »Die Puppe vom Zuckerhut« nannte er sie. Er brauchte für sie zum Beispiel viel mehr Gehacktes für den Brustbereich. Und die Beine, ja, welche Beine sollte er denn nehmen, er fuhr mit dem Aufzug in den Keller und schaute in der Gefriertruhe nach, wer die dicksten Beine gehabt hatte. Aber er fand keine. Wieder hoch. Enttäuscht. Was nun? Er dachte nach. Hatte nicht Jerry Vogel ziemlich dicke Beine für einen Stepptänzer? Ja! Das war es! Jerry Vogel musste seine Beine hergeben! Wieder trat er vor den Spiegel im Flur. »Du bist der Größte, Jérôme! Nur dir wird gelingen, was vorher noch nie einem Menschen gelang. Du wirst DEN Olympiaringer erschaffen! Du bist ein Genie! Jérôme, das Genie!« Wenig später sauste er mit dem Aufzug runter ins Erdgeschoss, raus aus dem William D. Rigotti-Building und auf das Lastenfahrrad, das seit Tagen unabgeschlossen vor der Wohnkaserne an der Hauswand lehnte. Niemand wagte, es zu klauen. Denn alle wussten, wem es gehörte. Nämlich Jérôme Grismann, dem verrückten Professor. Und mit dem wollte sich keiner anlegen. Zu viele waren schon nach einem Besuch bei ihm verschwunden. Es hatte sich rumgesprochen. Aber niemand wagte, zur Polizei zu gehen. Sie hatten selber alle was auf dem Kerbholz, sei es Diebstahl eines Lötkolbens oder Körperverletzung oder irgendein anderes, nicht so bedeutendes Delikt. Trotzdem, niemand riskierte, für seine eigenen Gesetzesübertretungen ins Gefängnis zu kommen. Deswegen interessierte sich niemand für Grismanns Machenschaften. Drauf geschissen. Arroganter Fatzke.

»Was willst du so spät noch im Studio, Klaus?«

Mr. Vogel sprach mit Klaus durch die Sprechanlage. Klaus war nicht auf den Kopf gefallen: »Ich habe meinen Kulturbeutel bei euch vergessen!«

»Wo ist er denn?«

Vogel wollte eigentlich nicht mehr aufmachen.

»Ich weiß es nicht so genau, am besten, ich komme hoch und suche selbst!«

Vogel überlegte eine Zeit lang, doch dann betätigte er den Knopf des Türöffners. Rrrrrrrr. Dir Tür wurde aufgestoßen, und Grismann kam die Treppe hochgehechtet. Mit den Worten »Ich brauch nur deine Beine!« stürmte Klaus in das Stepptanzstudio und stieß Jerry Vogel noch im Rennen um, ein heftiger Schlag mit dem großen Aschenbecher auf die Schädeldecke, dass es barst, und Mr. Vogel blieb bewegungslos liegen. Grismann hatte wohlweislich seine oszillierende Säge mitgebracht. Damit nahm er ihm beide Beine ab. Es dauerte nicht länger als 5 Minuten. Mitgebrachte Eisbeutel stillten das Blut. Er schob den Rest von Mr. Vogel hinter die Theke des Studios, wo man ein Getränk zu sich nehmen konnte, wischte schnell noch das Blut vom Parkettboden, rollte den Teppich für das morgendliche Yoga aus und schüttete zuletzt noch ungelöschten Kalk über

Mr. Vogel, der kurz aufblickte. Morgen würde nur noch ein kleines Häufchen Asche an seine Existenz erinnern. Dann schmiss er die beiden Beine auf sein Lastenfahrrad, deckte die Gummiplane drüber und trat in die Pedale. Jetzt hatte er alles für den Olympia-Ringer zusammen.

»Kommen Sie doch herein! Sie sind also Klaus! Charlene hat schon viel von Ihnen erzählt.«

Frau Kommissar Schneider hegte keinerlei Argwohn. »Mein Mann lässt sich entschuldigen, er hat beruflich noch etwas zu tun, kommt aber später, vielleicht werden Sie ihn dann auch noch kennenlernen.« Charlene kam schüchtern aus dem »Kinderzimmer«. Das alte Kinderzimmer. Darin wohnte sie immer, wenn sie ihre Eltern besuchte.

»Hallo Klaus! Schön, dass du gekommen bist. Papa ist leider noch arbeiten.«

»Aber das macht doch nichts, hier, eine kleine Aufmerksamkeit!«

Er hatte doch tatsächlich einen Blumenstrauß hinter dem Rücken versteckt gehalten, mit der linken Hand umklammert. Jetzt nahm er den Strauß und hielt ihn der Hausherrin hin, nicht ohne vorher das Papier abgewickelt und zusammengeknüllt zu haben. Jacqueline Schneider war entzückt.

Sie sagte es auch: »Oh, ich bin entzückt!«

Kommissar Schneider steckte den schmalen Blechstreifen jetzt zum dritten Mal in das Schloss und fummelte hin und her, vor und zurück, jetzt endlich hatte er die richtige Stellung gefunden, es machte »Klick«, und die Tür sprang auf. Vor ihm Grismanns Wohnung, er trat ein. Gut, dass er mitbekommen hatte, dass Grismann heute zu ihm nach Hause kommen sollte. Gut, dass der Kommissar seiner Frau glaubhaft machen konnte, noch einmal zu einem Tatort zu fahren. Dass es das William D. Rigotti-Building sein würde, darauf wäre sie nie gekommen. Außerdem erzählte er zu Hause nie etwas von seiner Arbeit, schon gar nicht, wo Tatorte waren oder um wen es sich handelte bei den Ermittlungen. Das war sozusagen Geheimsache. Der Polizeiberuf erforderte eine gewisse Diskretion. Erst wenn alles rausgekommen war und der oder die Täter, Täterin, die Täterinnen, dingfest gemacht worden waren, plauderte er mit seiner Frau manchmal noch darüber. Aber erst dann. Auch Namen nannte er äußerst selten. So konnte Frau Kommissar nicht wissen, dass Grismann, der soeben ihre Tochter Charlene besuchte, im Fadenkreuz ihres Mannes war. Und hier, in Grismanns Wohnung, konnte der Kommissar in wenigen Sekunden ausmachen, in welcher Größenordnung sich die Untaten Grismanns bewegten, nämlich in einem Ausmaß, dass dem Kommissar sofort schlecht wurde. Die fünf Minuten, in denen er sich in der Wohnung aufhalten musste, um Indizien für die Verhaftung von Grismann zu finden, waren die ekelhaftesten, die er in seiner langen Laufbahn hinter sich bringen musste. Und das will was heißen, wenn man bedenkt, dass er sich schon mit fürchterlichen Verbrechern à la Mörder mit Strumpfhose, einem Kampfhuhn, der Satanskralle von Singapur und anderen deliquenten Zeitgenossen hatte befassen müssen. Aber DAS hier! Das schlug dem Fass den Boden aus. (Anmerkung des Lektorats: Hier würde ich vorschlagen, wieder mit der Floskel »… und hier sträubt sich die Feder!« fortzufahren.) Kommissar Schneider rief im Präsidium an, sofort ging dort der Alarm los, und alle verfügbaren Kräfte machten sich auf den Weg zum William D. Rigotti-Building. Jetzt hatte sich die Schlinge vollends um den Hals Grismanns gelegt. Es gab kein Entrinnen mehr.

In der Wohnung von Grismann saßen Kommissar Schneider, der Staatsanwalt, zwei Polizeibeamte und ein Spezialist von der Spurensicherung zusammen. Die restlichen Polizeibeamten warteten unten vor dem Gebäude, versteckt, wie es der Polizeipräsident vorgeschlagen hatte, und berieten den weiteren Weg. Erst mal dachten sie, Grismann würde vielleicht kommen, dann aber beim Öffnen der Wohnungstür Verdacht schöpfen. Er hätte vielleicht eine Schusswaffe, und wenn er jemanden sehen würde, würde er vielleicht in Rage geraten und um sich schießen. All das war zu gefährlich.

Also schlugen sie vor, dass alles wieder an seinen

Platz gestellt oder gelegt werden solle, und so verbrachten sie die nächsten zwanzig Minuten damit, die Wohnung in den vorherigen Zustand zu versetzen. Man wollte ihn lieber in eine Falle locken. Kommissar Schneiders Vorschlag war dann aber, sofort zu ihm nach Hause zu fahren, dort würde Grismann sicherlich noch Kuchen essen, es war noch nicht so spät. Also gut, alles wurde wieder abgezogen, außer zwei bewaffneten Streifenpolizisten, die versteckt hinter den Mülltonnen in einem zivilen Auto Stellung beziehen sollten. Kommissar Schneider stieg in sein Coupé. Als er die Straße »Am Holtkamp« hochfuhr, sah er das Lastenfahrrad von Grismann vor seinem Haus Nr. 12 stehen. Ja, das musste seins sein. Also mit dem Fahrrad … Geschickt, dachte der Kommissar. Wer heutzutage als guter Mensch angesehen werden wollte, kaufte sich ein Lastenfahrrad.

»Die Anschaffung hättest du dir sparen können, du Dreckskerl!«, sprach der Kommissar fast unhörbar mit gepresster Stimme in seinen Schnauzbart, obwohl ihn hier niemand hören konnte. Er lenkte das Coupé vor seine Garage. Gerade kam Grismann aus dem Haus. Als er den Kommissar sah, tat er überrascht: »Ja, aber, das wusste ich ja gar nicht, dass SIE es sind, Sie sind der Vater von Charlene? Das ist ja ein Zufall!«

»Hören Sie, wenn Sie gehen wollen, ich hindere Sie nicht dran.«

»Nein, nein, unter diesen Umständen bleibe ich natürlich noch ein halbes Stündchen, ich denke …«

»Nicht denken, schenken! Kennen Sie diesen außergewöhnlichen Satz von mir, Herr … äh …«

»Grismann! Grismann, Herr Kommissar!«

»Ach ja, Sie waren doch neulich im Präsidium, ich habe Sie verhört!«

Charlene, die in der Tür stand, wurde aufmerksam.

»Wie bitte, Papa?«

»Ach nichts, mein Engelchen, das war nur ein Spaß.«

Sie traten alle wieder ein, und man setzte sich noch einmal um den runden Tisch, der Kuchen war noch nicht ganz aufgegessen, und Frau Kommissar brachte aus dem Nichts eine dampfende Tasse Kaffee für ihren Mann.

»Hier, Schatz. Ein Kaffee. Vorsicht, er ist sehr heiß.«

»Das macht mir nichts, Hase.«

Er nahm einen Schluck und prustete ihn wieder aus, mit schmerzverzerrtem Gesicht.

»HEISS!«

Er schüttelte sich. Grismann sah zu. Er hatte seine Hand in Charlenes Hand gelegt, sie schauten sich verliebt an. Der Kommissar hätte kotzen können. Aber er musste Haltung bewahren. Nur Grismann keinen Verdacht schöpfen lassen. Der musste unter allen Umständen jetzt so schnell wie möglich hier raus. Irgendwie. Dem Kommissar fiel aber nichts ein. Grismann laberte und laberte, er laberte totalen Dünnschiss, von seinem Beruf als Bademeister (der Kommissar wusste: alles gelogen!) und dem Verhältnis zu seinen Eltern, die ihn zum Alleinerben gemacht hatten, sie waren bei einem Autounfall ums Leben gekommen (bestimmt hatte Grismann selbst die Finger im Spiel gehabt!), und wie er eine Stiftung gegründet hätte, für Kinder, die in der Schule nicht mitkamen, und überhaupt, wie gut er war, er spendete ja auch immer an die S. O. S.-Kinderdörfer und an die Malteser. Und er würde am liebsten viele, viele Kinder adoptieren, aber da wäre zu wenig Platz in seiner Wohnung.

»Das weiß ich!«, rutschte dem Kommissar raus, aber Grismann merkte nichts mehr. Der war völlig aus dem Häuschen von seinen Ich-Erzählungen. Die Zeitschrift »ICH« war nichts dagegen! Schon bald hatte der Kommissar den Eindruck, er hätte es mit dem besten Menschen zu tun, den es auf dieser ansonsten beschissenen Erde gab. Dann war es so weit, Grismann schickte sich an zu gehen. Aber erst, nachdem der Kommissar ihm gesagt hatte, dass er noch nie einen so sympathischen Menschen kennengelernt hätte. Charlene schaute bei diesen Worten ihren Vater durchdringend an. Sie kannte ihn nur allzu gut. Aber sie sagte besser nichts. Sonst würde sie mit etwaigen Repressalien rechnen müssen. Ihr Vater war nämlich manchmal jähzornig. Deshalb verabschiedete sie sich mit sehr netten Worten von Klaus, den sie bald wiedersehen wollte, und mit einem Stückchen Kuchen, das Frau Kommissar ihm noch in eine Serviette eingewickelt hatte, verließ Klaus das Haus, stieg auf sein Lastenfahrrad und fuhr seiner Wege. Dem Kommissar rauchte der Kopf. Er musste erst mal eine Platte von Elvis auflegen und ein paar Takte »Jailhouse Rock« hören. Das machte er immer, wenn er kurz vor der Verhaftung eines Täters stand. Jacqueline wusste das. Und auch Charlene. Jetzt waren sie etwas beunruhigt. Und der Kommissar musste seiner Tochter nun reinen Wein einschenken, bevor sie sich noch mehr in Grismann verlieben würde. Da er wusste, dass die ganze Sache ziemlich fantastisch und irreal klingen würde, hatte er ein paar Fotos gemacht, von Jerry Vogels Beinen angefangen bis zu den augenlosen Köpfen im Korb. Charlene sah sich das an, rannte ins Kinderzimmer und warf sich schluchzend aufs Bett. Doch der Kommissar hatte keine andere Wahl gehabt.

»Hättest du nicht noch damit warten können?«, fragte seine Frau ihn.

»Hase. Ich bin Kriminalist. Ich kann nicht mit einem Weichzeichner die Gesellschaft abbilden. Sie ist so, wie sie ist.«

Das saß. Dann ging der Kommissar wortlos raus aus dem Haus.

Jérôme alias Klaus alias Grismann stand vor seiner Haustür. Er bemerkte sofort, dass etwas anders war. Dieser klitzekleine Kratzer im Lack neben dem Schloss, der war doch vorher nicht da? Und: Er klebte immer ein kleines Stück Tesafilm ganz oben an die Tür, sodass man es nicht von unten sehen konnte, damit, wenn die Tür aufgemacht würde, der Klebestreifen beschädigt war. Diese Angewohnheit rettete ihm das Leben.

So dachte er wenigstens. Keiner war so schlau wie er. Haha! Jetzt musste er sofort umdenken. »Ich muss umdenken!«, sagte er zu sich selbst. Dann sprang er, immer zwei Stufen nehmend, die Treppe runter. Von Stockwerk zu Stockwerk wurde es anstrengender. Aber letztendlich kam er unten an, traute sich aber nicht aus der Haustür. Denn er vermutete eine Observation. Jemand würde auf ihn warten. Dass aber oben vor seiner Wohnung keiner auf ihn gewartet hatte, das war anscheinend normal. Oder doch nicht? Er war nervös. Höchst nervös. Wieso … wer aber … Hatte der Kommissar hier rumgeschnüffelt? Die heißen ja im Fernsehen auch immer »Schnüffler«. Er rannte in den Keller. Wo waren die Gefriertruhen? Ach, da standen sie ja. Unberührt. Doch als er das aufgebrochene Schloss sah, lief es ihm heiß und kalt über den Rücken. Er fühlte sich plötzlich um zwanzig Jahre gealtert. Mist! Entlarvt! Was nun? Nichts wie weg hier. Durch ein Kellerfenster zwängte er sich ins Freie und ging seelenruhig an dem Streifenwagen vorbei, der hinter den Aschentonnen parkte. Die beiden Polizisten standen daneben und unterhielten sich. Als er vorbeiging, fragte ihn der eine doch tatsächlich um Feuer für seine Zigarette. Grismann hatte aber keins. »Ich bin Nichtraucher!«, kam aus seinem Mund. Die Polizisten bedankten sich für die Information und unterhielten sich weiter. Wenn Klaus sich nach einer Weile umgedreht hätte, hätte er den Polizeiwagen nicht mehr gesehen.

Die Schlinge zog sich zu.

Kommissar Schneider verfolgte aus seinem Büro im Polizeipräsidium den Einsatz. Bisher war Folgendes passiert: Klaus Grismann alias Jérôme war nach Hause ins William D. Rigotti-Building gekommen, und ihm war aufgefallen, dass jemand am Schloss rumgefummelt hatte. Dann war er durch ein Kellerfenster in den Außenbereich der Wohnkaserne geflüchtet, war von den beiden Schutzpolizisten als Klaus Grismann identifiziert worden und war jetzt auf der Flucht in Richtung Altstadt. Dort hatte man ihn zuletzt vor dem Stepptanzstudio »L. A. Dancing Machines« gesehen. Er hatte das Haus durch den Haupteingang betreten, dazu hatte er einen Schlüssel benutzt, der mit Sicherheit Jerry Vogel gehört hatte, dessen Beine man in Grismanns Wohnung vorgefunden hatte. Anscheinend hielt er sich jetzt schon seit Längerem in diesem Stepptanzstudio auf. Der Kommissar wollte dahin.

»Nehmen Sie Verstärkung mit, Yves! Der Mann ist megagefährlich! Ein Soziopath! Vielleicht sogar eine multiple Persönlichkeit! Denken Sie an die zwei verschiedenen Vornamen!«

»Nein, ich mach das alleine. Wollen wir mal so sagen, ich geh allein rein. Und wenn ich binnen zwanzig Minuten nicht mit ihm zusammen raus bin, dann könnt ihr immer noch stürmen. Ich will ihn lebendig.«

Der Polizeipräsident nickte stumm. Gegen diesen halsstarrigen Kriminalisten konnte er sich nicht durchsetzen. Nur hintenrum. Aber zunächst sollte Kommissar Schneider das Ding alleine machen.

Kommissar Schneider stellte seinen Wagen gegenüber dem Stepptanzstudio ab. Er stieg aus und ging auf die andere Straßenseite, nickte kurz den Beamten der Special Force zu, die sich mit ihren Schutzwesten und Nachtsichthelmen hinter die an der Straße parkenden Autos gekauert hatten, die Maschinengewehre mit den Zielfernrohren im Anschlag. Es war zwar noch nicht dunkel, aber die Nachtsichtbrillen waren in den Helmen eingearbeitet, sie würden mit Sicherheit noch gebraucht werden, denn es wurde bald dunkel, und im Haus selber war vielleicht kein Licht.

»Die sparen ja heute an allen Ecken und Kanten!« (Bekannter Ausspruch von Kommissar Schneider.) Der Kommissar stieg die Treppe im Gebäude langsam hoch. Schritt für Schritt, seine Pistole in der Hand. Von ganz oben, wo das Stepptanzstudio sein müsste, kam Musik und ein Geklapper: »Detick, detack, tackderatack, ticko ticko tick tick tick!«

Da steppt doch jemand, dachte der Kommissar. Und als er oben angekommen war, wurde das Klacken noch lauter. Der Kommissar lugte vorsichtig, die Waffe im Anschlag, um die Ecke in den Tanzsaal hinein. Grismann steppte! Auf Musik der Gruppe IRON BUTTERFLY. Es hörte sich nicht richtig an. Steppen muss man auf Jazz, dachte der Kommissar.

»Steppen muss man auf Jazz, Grismann!«

Der Kommissar riskierte alles. Grismann hielt inne. Dann nahm er mit einem lauten kratzenden Geräusch die Schallplatte vom Teller.

»Was meinen Sie denn, worauf ich tanzen sollte, Herr Kommissar, zukünftiger Schwiegervater?«

Er hatte anscheinend noch nicht begriffen, dass es vorbei war.

»Tommy Dorsey zum Beispiel, noch besser Woody Herman, ich guck mal, was der hier für Platten rumfliegen hat, der alte Vogel!«

Der Kommissar wollte mit seinem Täter eine vermeintliche Kooperation eingehen. Er tat einen Schritt bis zur Theke und guckte dahinter im Regal, ob dort Schallplatten lägen.

»Hier, hier sind Schallplatten, Herr Kommissar!«

Grismann verstellte sich als hilfsbereit. Der Kommissar wusste, dass er jetzt nichts falsch machen dürfte. Er ging zur anderen Seite des Raumes, wo auch der Plattenspieler stand, dahinter war tatsächlich das Regal mit den Schallplatten. Er suchte eine Jazzplatte raus. Woody Herman gab es nicht, aber dafür eine Dixieland-Platte mit verschiedenen Berühmtheiten der Zwanziger- und Dreißigerjahre. Er gab sie Grismann, der sie auflegte. Anscheinend war Grismann jetzt in einer völlig anderen, aufgelösten Phase. Er hatte wohl seine ganze Vergangenheit beim Steppen abgelegt. Die Dixielandmusik trieb ihn zu immer halsbrecherischeren Steppeinlagen an, sogar ein Salto musste her, zwischen die wilden Tapps und Tipps und Tarapps. Ein wahres Stepptanzwunder.

»Das habe ich bei Jerry gelernt, wo ist er eigentlich?«

Der Kommissar bekam Mitleid mit diesem Genie, das auf die schiefe Bahn gekommen war. Wer war wohl schuld gewesen an dieser verkackten Existenz? Was hätte dieser Mann im Leben alles erreichen können! Wer so perfekt und musikalisch steppt, der muss doch was draufhaben. Kommissar Schneider ließ die Schallplatte zu Ende laufen, ließ Grismann aber nicht mehr aus den Augen. Dabei hielt er seine Pistole in der rechten Tasche seiner U.S.-Lederjacke schussbereit. Doch das war nicht mehr nötig. Als die letzten Töne von Mr. Acker Bilks anrührender Version von Sidney Bechets Komposition »Petite Fleur« verklungen waren, riss Grismann sich plötzlich selbst den Kopf ab. Der Kommissar hatte so was kommen sehen. Für ihn war der Fall damit abgeschlossen. Was er nicht wusste, war, dass ein paar dieser Hybs sich schon längst vermehrt hatten und teilweise auch schon in Paris unterwegs waren.

Kommissar Schneider fuhr noch mal nach Düsseldorf. Er wollte ein bisschen Livemusik erleben, doch als er bei dem Lokal, wo er letztens doch so schön einen ganzen Abend ein Bier nach dem anderen getrunken und der

Grismann reißt sich
den Kopf
ab.

Band zugesehen hatte, ankam, trat gerade der Besitzer raus und schloss ab.

»Guten Tag, ist heute zu?«

»Für immer. Ich mache noch ein Schild an die Tür.«

»Ja, warum denn?«

Der Kommissar war bestürzt.

»Hier gegenüber ist vorgestern ein Anwalt eingezogen, und jetzt müssen wir für immer schließen, er hat sich erfolgreich beschwert wegen Ruhestörung.«

»Ja, aber es ist doch hier überall laut! Hier ist doch die längste Theke der Welt, und hier laufen doch unheimlich viele Leute bis spät in der Nacht laut krakeelend durch die engen Gassen!«

»Tja. Was will man machen, dieser Anwaltsheini kann eben keinen Jazz leiden.«

Aus Rache pisste der Kommissar spät in der Nacht am Düsseldorfer Rathaus in den Briefkasten der FDP. Der von der CDU hing zu hoch. Da kam er nicht dran. Er wollte es denen mal zeigen.

Als der Kommissar nach Hause kam, schliefen alle schon.

Epilog

Als ich 2018 mit den Arbeiten zu diesem Buch begonnen habe, hatte ich nicht die geringste Ahnung, was wirklich heute, nach 5 Jahren, in unserer Welt los sein würde. Ich muss sagen, die Realität hat in großer Eile meine absurden Ideen bezüglich dieses Buches plötzlich eingeholt. Ich hätte nie gedacht, dass meine schmutzigen Schriftstellergedanken eines Tages Wirklichkeit werden könnten. Eine unglaubliche Entwicklung, die sich hier vollzogen hat. Mit schierer Bedenkenlosigkeit kann man das nicht mehr entschuldigen. Allein die Tatsache, dass es anscheinend en vogue geworden ist, Körperteile zu verkaufen, macht mich sprachlos.

Ich zitiere als Beispiel aus einem Artikel der Bild-Zeitung vom 6.7.2022: »KÖPFE, WIRBELSÄULEN, ARME, BEINE … / Bestatterin verkauft Körperteile von mindestens 12 Leichen«. Umso spannender ist dieses Buch aus heutiger Sicht zu bewerten. Wenn man in dieser unserer neuen Welt nicht mehr die Möglichkeit hat, seine eigene persönliche Freiheit zu leben, was ist dann noch wichtig? So muss wohl einer denken, dem alles genommen wurde, denn die Freiheit ist alles. So kann man vielleicht verstehen, dass manche Leute mit Körperteilen lebhaften Handel treiben. Es gehört mit zu den unanständigen Seiten des Homo sapiens, die heute allgegenwärtig sind. Ich habe das Buch trotzdem zu Ende geschrieben. Obwohl die Realität es fast überholt hat. Aber was solls. Ich kann nichts anderes. Ich bin nur ein Klavierspieler.

Der Verlag Kiepenheuer & Witsch hat sich zu einer nachhaltigen Buchproduktion verpflichtet. Gemeinsam mit unseren Partnern und Lieferanten setzen wir uns für eine klimaneutrale Buchproduktion ein, die den Erwerb von Klimazertifikaten zur Kompensation des CO_2-Ausstoßes einschließt. Weitere Informationen finden Sie unter www.klimaneutralerverlag.de

FSC
www.fsc.org
MIX
Papier | Fördert gute Waldnutzung
FSC® C083411

1. Auflage 2023

Covergestaltung: Barbara Thoben, Köln,
nach einer Idee von Helge Schneider
Covermotiv: © Helge Schneider
Mit 18 Zeichnungen des Autors
Gesetzt aus der Minion und der Letter Gothic
Satz: Buch-Werkstatt GmbH, Bad Aibling
Druck und Bindung: CPI books GmbH, Leck
ISBN 978-3-462-00587-5

HELGE
SCHNEIDER
Orang Utan Klaus
KiWi
Helges Geschichten